Zum Buch

Meine Erinnerungen an Rothenbergen schrieb ich weitmöglichst in der gesprochenen, erzählenden Sprache und mit den Redewendungen auf, wdie ich damals benutzte. Mehr Mundart, nicht Schreibsprache, nicht Hochdeutsch.

Im Mittelpunkt steht „SIE", Schnudeputzers Tochter. Seinen Namen bekam der „Schnudeputzer" von dem Bäckermeister Willi Lepple, der seinen Freund so in Anlehnung an seinen Friseurberuf titulierte.

Durch die Geschichte von Schnudeputzers Tochter führt eine Erzählerin. Ist die Schrift *kursiv,* äußert sich das Kind direkt mit seinen Erinnerungen, Gedanken, Kommentaren, Bemerkungen oder Ausrufen.

Alles Geschriebene ist subjektiv, es entspricht meinen Empfindungen und meiner Erinnerung, nicht meinem heutigen Wissen. Es überraschte mich, was ich alles von diesen knapp neun Jahren behalten hatte.

Ich hoffe, dass die Dorfbewohner mir verzeihen werden, wenn ich in irgendein Fettnäpfchen getreten sein sollte. Namen wie Klaa Fällche, Schienhohl, Kuhflache, Abtshecke, Wellschesborn werden vielleicht anders geschrieben. Ich kenne nur die gehörte, gesprochene Bezeichnung. Auch stimmt vielleicht die eine oder andere Tätigkeit, Entfernung oder Reihenfolge nicht. Es könnte etwas fehlen, oder ich habe etwas verwechselt!?

Der Wegzug aus Rothenbergen, heute Teil der Gemeinde Gründau, war für mich traumatisch. Ich wurde aus meiner Heimat, meinem Paradies vertrieben. Ich hatte meinen Lebensinhalt, das Dorf und seine Menschen verloren. Ich fand, dass das, was ich war, was meine Person ausmachte, mit dem Umzug starb. „ICH" war gestorben.

Doris Müller-Glattacker

Schnudeputzers Tochter

Inhaltsverzeichnis

Anreise	7
Sie	8
Mutti	8
Die Wohnungen	11
Die Küche	12
Das Schlafzimmer	13
Bewohner, Haus und Hof	14
Nachkriegsbräuche	15
Die Amis sind da	17
Feste und Theater	19
Tanz	21
Mode	22
Wer kennt die Namen?	23
Anna	25
Problematich	27
Der Schäfer	29
Tierisch	30
Blutiges	33
Tagtägliches	34
Sonntag	36
So bin ich	39
Göttliches	41
Oh, Kind	43
Plagen	46
Besuchs-Fahrten	49
Familientheater	51
Lieber Gott	58
Ostern	62
Engelchen und Teufelchen	65
Ärgerlich	66
Milchkannensolo	68
Schule	69
Unterricht	70
Die Welt	74
Takt	75

Karambolagen	77
Schutzengel	79
„Wer will die fleißigen Waschfrauen sehen?"	81
Krankenhaus	83
Die Seuche	85
Großeltern	87
Ein Bauernhof	92
Sommertage	95
Drahteselfahren	98
Spielereien	99
Gebackenes	107
Freundinnen	112
„Du sollst nicht falsch Zeugnis reden"	115
Die Drei Ws	118
Also so was ...	121
Korn, Kuchen und Brot	123
Mahlzeit	126
Feuer	127
„Diese Dinge"	130
Kino	133
Störche	135
Geben und Nehmen	138
Herbst	139
Kerb – Kirmes – Kirchweih	143
November – Dezember	145
Weihnachtsfeier	149
Winter	151
Hochwasser	153
Eis	155
Helau und Alaaf	156
Unten und oben	160
Haarig	161
Theater	162
Zu Ende	163
Abgesang	167

Anreise

Ende des Jahres 1944 hatte sich eine Mutter mit ihren beiden Kindern, einem Jungen von sechs Jahren und einem Mädchen von fünf Monaten, in ein Dorf, das Rothenbergen hieß, „evakuiert". In Hanau, ihrer Heimatstadt, wurde es zu gefährlich. Ständig gab es Fliegeralarm, und es fielen Bomben.

Ein Lehrmädchen hatte sie in das Dorf „gelockt". Es hatte es aber, wie sich herausstellte, nicht wirklich ernst mit einer Einquartierung gemeint. Da stand nun die Frau, die eine Fahrgelegenheit von Hanau aus gefunden hatte, mit Kindern und Habseligkeiten in der Mitte des Dorfes, das ihr fremd war. Da sie bei dem Lehrmädchen nicht wohnen konnten, schickte sie ein Kind zum „Kurtche", ihrem Gesellen, der ebenfalls im Dorf lebte. Der brachte sie bei der Familie Fleckenstein, die ein Brunnenbauer-Geschäft hatten, unter.

Das Dorf lag an den Ausläufern des Vogelsbergs und zog sich noch ein wenig in das Kinzigtal hinein. Vom Südwesten kommend, der Chaussee folgend, stieg linker Hand ein mit Gras und Bäumen bewachsener Hügel an. „Die Wingert". Drei, vier schmale Treppchen, deren Stufen aus dem für die Gegend typischen roten Sandstein geschlagen waren, führten von der Straße steil nach oben auf zwei terrassenartige Wege. Etwa zwei Kilometer entfernt, oberhalb des Hügels, stand fast verloren ein kleiner Mischwald, an dem in früheren Jahrhunderten eine wichtige Handelsstraße vorbei führte.

Von Hanau kommend, klebten links am Ortsanfang fünf oder sechs Holzbaracken wie Schwalbennester am Fels des Hügels. Ihnen folgte, für den Ort ungewöhnlich groß, das Haus von Protzmanns. Neben ihm stand die Methodistenkirche, deren Turmspitze den Hügel überragte und die unter sich einen Bunker verbarg. Zwischen der

Kirche und den nächsten Häusern befand sich noch das flache Haus der Familie Haman, das während des Kriegs irgendetwas mit dem Bunker oder dem Flugplatz, der in der Ebene lag, zu tun hatte.

Die nachfolgenden Höfe standen ebenerdig zur Straße und duckten sich an die Felswand des Hügels, der sich oberhalb der Fachwerkhäuser in Obst und Gemüsegärten, in Wiesen und Felder verlor. Rechts der Hauptstraße fiel das Gelände mit seinen Höfen zur Ebene ab. Eine etwa vier Kilometer lange Straße führte von diesem Ende des Dorfes zu dem mitten im Wald liegenden Bahnhof von Niedermittlau. Eine Brücke überspannte auf der Hälfte des Wegs die träge durch die Ebene fließende Kinzig.

Die leicht ansteigende Hauptstraße schlängelte sich durch den Ort, trennte ihn in Ober- und Unterdorf, machte etwa in der Mitte des Orts eine enge, scharf nach rechts abknickende Kurve und führte dann an den meist einstöckigen Häusern vorbei in Richtung der Kreisstadt Gelnhausen.

Von diesem Dorf, seinen Menschen und dem Mädchen der noch nicht kompletten Familie handelt unsere Geschichte.

Sie

Sie war ein hübsches Baby. Dichte, gelockte, schwarze, fünf bis zehn Zentimeter lange Haare, die für ein Kind dieses Alters ungewöhnlich waren, dunkelblaue, hinter einer Mongolenfalte verborgene Augen. „Ach wie goldisch, die klaa Krott", sagten die Leute.

Nach den Erzählungen ihrer Mutter wanderte sie bei Fliegeralarm im Luftschutzbunker unter der Kirche sehr oft von Arm zu Arm, auch zu den Soldaten, die im hinteren Ende des Bunkers ihren Befehlsstand hatten. Dort musste ihre Mutter die Kleine ziemlich oft, sich durch die vielen Leute drängend, suchen.

Vielleicht war das Herumreichen dem Kind nicht angenehm, denn das Mädchen glaubte, dass diese Zeit ausschlaggebend für sein späteres Verhalten gewesen ist. Die Kleine hasste es, von jemandem angefasst zu werden, wenn sie es nicht wollte. Sie fürchtete sich jahrelang, von der Mutter getrennt zu werden. In schlecht gelüfteten, vom Tageslicht abgeschnittenen, nicht erhellten und niedrigen Räumen bekam sie Atemnot und Schweißausbrüche. Andererseits suchte sie bei Kummer oder Angst vor Strafe immer dunkle Ecken auf. Am häufigsten verkroch sie sich zwischen die Kleider, die im Schrank hingen, oder unter die Ehebetten. Möglicherweise war dann ihre Schutzbedürftigkeit größer als ihr Unbehagen. Sie floh in den Bunker.

In welchen Jahren sich ihre jeweiligen Erzählungen abspielen, hat sie vergessen. Viele Einzelheiten haben sich wie Blitze in ihr Gedächtnis geprägt. Andere wurden durch Fotografien am Leben erhalten. Vieles, was erzählt wurde, weiß sie noch. Auch war sicherlich manches nicht so schön, wie sie es in Erinnerung behielt.

Aber diese Jahre in „ihrem Dorf" empfand sie zeitlebens als unbeschwerte, fröhliche Zeit des Herumtobens, der Entdeckungen, der Lebensfreude und der Geborgenheit. Sie fühlte sich eingebettet in der Dorfgemeinschaft und in der Natur.

Mutti

Eine hübsche, schlanke Frau mit rotgefärbten Haaren, die im Laufe der Zeit zunahm wie das deutsche Wirtschaftswunder. Sensibel, überängstlich, durch den häufigen Fliegeralarm mit den Nerven am Ende. Hier im Dorf fühlte sie sich sicher, aber auch sehr oft von der Realität überfordert. Gezwungenermaßen wurde sie innerhalb kürzester Zeit, wie sie zugab, selbstständig.

Vor und während des Krieges hatte sie sich nicht um Haushalt und Kinder kümmern müssen. Gutbürgerlich verheiratet, sorgten sich ein junges Mädchen und die Eltern ihres Mannes um alles im Haus, wenn sie keine Zeit hatte. Gefordert als charmante Geschäftsfrau, arbeitete sie mit ihrem Mann im gemeinsamen Friseurgeschäft und im Hanauer Stadttheater. Wohnung, Geschäft und Theater brannten 1945 aus.

Sie war sehr oft über die derbe Sprache der Bauern schockiert, gewöhnte sich aber bald daran. Hier wurde gehandelt und gesagt, was sein musste, ohne viel Trara!

Sie lernte, sich durchzusetzen und Schimpfwörter zu gebrauchen, erledigte Haushalt, Kindererziehung und Kampf um's tägliche Leben. Sie hatte viel Humor, der ihr ihre Lebensangst erträglicher machte. Ihr ewiger Pessimismus ging der Tochter, als sie größer war und wusste, um was es sich handelte, *stark an die Nerve*. Sie fühlte sich als weitaus robusterer Typ und wollte ihrer Mutter, was diesen Charakterzug betraf, nicht ähneln.

Für die Kinder war es in vielerlei Hinsicht gut, dass sie nicht so viel Zeit für sie hatte, da sie durch ihre Überängstlichkeit auf alle Aktivitäten hemmend wirkte.

Die Rücksichtname auf die Leute, selbst wenn sie noch so borniert waren – man hatte ja ein Geschäft -, gingen dem „klaane Dickkopp" wegen seiner Wahrheitsliebe gegen den Strich. Ihre Mutter war stets darauf bedacht, den Schein zu wahren. Was innerhalb der Familie gedacht und gesagt wurde, ging draußen niemanden etwas an. Ihren Standpunkt vertrat sie nur bei Menschen, denen sie vertraute. Als Erwachsene diagnostizierte ihre Tochter: *Ihr steckte wohl noch die Nazi-Zeit in den Knochen.*

Die Wohnungen

Die erste Unterkunft war ein Zimmer unter dem durch Granatbeschuss zerstörten Dach eines Fachwerkhauses, in das es hineinregnete. Nur durch die Vermittlung des Gesellen ihrer Eltern, den fast der Schlag traf, als die kleine Familie im Dorf erschienen war und nach ihm geschickt hatte, konnten sie hier *hausen*.

Die Kleine bekam eine schlimme Lungenentzündung. Das Atmen fiel ihr schwer und sie röchelte beim Luft Holen. Es gab keine Medikamente, und ihr Zustand verschlechterte sich von Tag zu Tag. Ihre Mutter hatte gehört, dass es in Langenselbold einen Heilpraktiker gab, und so fuhr sie mit ihrem Fahrrad zu ihm. Wegen der Tiefflieger wollte er auf keinen Fall nach Rothenbergen kommen. Es kostete sie viel Überredungskunst und eine Menge Toilettenartikel, die zu der Zeit wie vieles andere Mangelware waren, bis er einwilligte.

Er ließ sich einen Wecker geben und stellte ihn, dann nahm er das Baby aus dem Kinderwagen und legte seine Hände so auf Rücken und Brust des Kindes, dass sich die Innenflächen über und unter ihrer Lunge befanden.

Es wurde nicht gesprochen. Als der Wecker nach zehn Minuten klingelte, machte das Mädchen einen tiefen Seufzer, atmete gleichmäßig und wurde wieder gesund.

Die zweite Wohnung, in die sie von der Gemeinde mit anderen Evakuierten eingewiesen wurden, war die „Honigslust", drei Häuser, die während des Kriegs für Familien der auf dem Fliegerhorst stationierten Soldaten gebaut worden waren. Schon nach kurzer Zeit mussten sie wieder ausziehen, da die Amerikaner Anspruch auf sie erhoben.

Ihre dritte Wohnung lag über der Gaststätte Zum Bogen im ersten Stock. Das Fachwerkhaus der Familie Roth an der Hauptstraße sollte viele Jahre die Bleibe „von Müllers" werden.

Ein Raum, etwa acht Meter lang und dreieinhalb Meter breit, war durch eine Sperrholzwand in Küche und Schlafzimmer getrennt worden. Er hatte Dielenboden, der immer knarrte, wenn man auf ihm ging, eine niedrige Decke, zwei Fenster im Schlafzimmer. Davon eins Richtung Bäckerei. Von dem anderen blickte man wie von dem in der Küche auf die Hauptstraße. Die Toilette war ein Plumsklo und befand sich im Hof. Kein fließendes Wasser. Später wurde durch die Decke der Gaststätte eine Leitung gelegt, die an der Wand im Schlafzimmer endete und mit einem Wasserhahn den komfortablen Abschluss fand. Elektrischer Strom wurde von den Gemeindewerken rationiert, in dem man ihn nachts und öfters auch am Tag abstellte. *Bei Gewitter is der sowieso wääsche de Üwwerlandleitunge in scheener Regelmäßischkeit ausgefalle.*

Die Küche

An der rechten Wandseite stand ein halbhohes, aus dem Fliegerhorst „requiriertes" Schränkchen, dann ein vom Schreiner des Dorfes angefertigtes Holzgestell, auf dessen oberer Platte zwei Wassereimer standen. Vorne ein Vorhang, der die dahinter stehenden Töpfe und Schüsseln verbarg. Vor dem Fenster an der Stirnwand die Chaiselongue, das liebste Möbelstück aller Familienmitglieder, und nicht nur der. Links davor ein Tisch (ebenfalls aus dem Fliegerhorst), umrahmt von drei Wirtshausstühlen. Zwischen ihm und dem vierten Wirtshausstuhl, der an der Sperrholzwand vor dem Ofen stand, der Durchgang zum Schlafzimmer. Mit einer Armeewolldecke (Fliegerhorst), später mit einem Vorhang zugehängt.

Geheizt und gekocht wurde auf einem Kohlenherd (Fliegerhorst), der auf der linken Seite zwischen der Eingangstür und der Sperrholzwand stand, und den die

Amerikaner, die das Fliegerhorst-Inventar im ganzen Dorf suchten, ihrer Mutter wieder wegnehmen wollten. Diese wurde, wie sie später erzählte, daraufhin fuchsteufelswild. Sie könnte für ihre Kinder nichts mehr kochen, sie müssten frieren, sie hätte durch die Bomben alles verloren, sie sollten zuerst mal im Heu und Stroh der reichen Bauern nachsehen ... Ob die Soldaten sie verstanden oder erschrocken über ihren Wutausbruch waren? Sie wusste es nicht, aber den Ofen und die paar anderen Dinge, die sie noch hatten, durfte die Familie behalten.

Das Schlafzimmer

Nach dem nicht ganz in der Mitte gelegenen Durchgang standen linker Hand an der Holzwand zwei mit Weißwäsche gefüllte Spankörbe. Mit Tischdecken überdeckt, versteckt. An der linken Hauswand schlossen sich zwischen zwei Nachttischschränkchen die Ehebetten groß und wuchtig an. Das Mahagoniholz war von Glassplittern der Bombennacht zernarbt und hatte durch die vorangegangene Lagerung einen Holzwurm als Untermieter. In der hinteren linken Ecke und an der Stirnwand stand ein weißes Kindergitterbett. Rechts daneben ein Fenster, unter dem später der Wasserhahn installiert wurde. Ein schräg über Eck gestellter Toilettentisch mit Unterschrank folgte. An der rechten Wand unter dem zweiten Fenster eine Holzkiste, auch eine Arbeit des Dorfschreiners, und als letztes bis zur Trennwand der Kleider-Küchen-Schrank gegenüber dem Betten-Fußende.

Bewohner, Haus und Hof

Die Familie verstand sich mit den Hausleuten sehr gut. Dem Mädchen war die Hausfrau am liebsten, sie schimpfte zwar hin und wieder mit den Kindern, *war awwer e Herzens guud' Seel'*. Sie war gebildet und hatte einen feineren Umgangston, was das Mädchen wiederholt registrierte, aber nicht wusste wieso. Diese Frau war für sie anders als die anderen. Jahre später erfuhr sie, dass die Vermieterin und Trösterin ihrer Mutter bei einem Grafen oder einer noch höhergestellten adeligen Familie im Haushalt gedient hatte. *Desdewesche* (deshalb) *also*. Außer der Gaststätte betrieben die Wirtsleute auch Landwirtschaft, wobei der etwa zwanzigjährige Sohn und ein Knecht sie unterstützten.

Um in den von Ställen, Scheune und Wirtschaftsräumen umgebenen Hof zu gelangen, musste man einen überbauten Durchgang passieren. Links vom Durchgang lag die Kegelbahn, in der später ein Textilgeschäft untergebracht war, rechts das Wohnhaus mit Gaststätte. Der Durchgang, der trotz seiner rechteckigen Form von allen „Torbogen" genannt wurde, war an seinem hinteren Ende mit einem Lattentor zum Hof hin geschlossen.

In der Mitte des Durchgangs begann eine an die Hauswand angebaute Treppe. Die ersten drei Stufen und der nachfolgende Absatz waren aus rotem Sandstein. Öffnete man die Tür rechts vom Absatz zum Haus hin, kam man in einen kleinen Vorraum, der links eine Tür zu einem Zimmer hatte, in dem das Mädchen seine erste Zahnbehandlung erhielt, die es nie vergessen würde. Die rechte Tür führte zur Gaststätte.

An der Hauswand entlang führten nach dem Sandsteinabsatz schmale Holztreppenstufen steil nach oben in den ersten Stock. Von der Kleinen wurde der Aufgang als Hühnerleiter tituliert, die links durch eine Holzwand geschützt war. Von dem Treppenabsatz des ersten Stockes führte die linke Tür in den über dem Tor gelegenen Tanzsaal , die rechte auf einen langen, nicht vom Tageslicht erhellten Gang zurück Richtung Straße. Durch ihn kam man zu ihrer Wohnung.

Die „Angstschissern" fürchtete sich sehr, wenn die Flurtür geschlossen war. Zu ihrer Angst vor der Dunkelheit trug auch noch der Wirtssohn mit einem für sie unheimlichen Pfeifen bei, wenn er in sein Zimmer ging, das wie das des Knechts links vom Gang lag. Er kannte ihre Reaktion und ärgerte sie absichtlich. Wenn sie sich bei seiner Mutter beschwerte, war eine Zeitlang Ruhe, bis *de Fleeschel widder angefange hat.*

Nachkriegsbräuche

Als Flüchtlinge in das Dorf kamen, sagte man, dass sie wie Kartoffelkäfer über das Land gefallen wären. Für sie wurden Wellblechbaracken aufgestellt. Andere Familien wurden in ehemalige Soldatenunterkünften untergebracht. Fünf dieser Holzbaracken standen, von Selbold kommend, am Ortsanfang, fünf weiter Richtung Schienhohl.

Abgezehrte, oft breitflächige Gesichter mit hohen Wangenknochen. Menschen, die in einer für sie meist unverständlichen Sprache redeten. Alte Frauen mit trachtenähnlichen, schwarzen, weiten Röcken und Blusen. Schwarz auch ihre Kopftücher, die sie tief in die Stirn gezogen, an den Schläfen nach innen eingeschlagen und unter dem Kinn verknotet trugen.

An der Kopfbedeckung konnte man sehen, zu welcher Gruppe sie gehörten. Die einheimischen Frauen banden ihre Tücher im Nacken, und die Städterinnen schlugen sie, wie ihre Mutter, zu turbanähnlichen Gebilden ein.

Viele hatten Hunger! Menschen, die kein eigenes Stück Garten oder Land besaßen, nichts anbauen konnten, kamen in *ihr* Dorf, bettelten bei den Bauern oder tauschten Dinge von Wert für Lebensmittel. Man munkelte, dass reiche Bauern Teppiche, Ölgemälde und Antiquitäten durch das Hamstern erworben und im Heu versteckt hätten. Landstreicher, ehemalige Soldaten, die weiterzogen, baten um einen Teller Suppe oder ein paar Pfennige. Viele Bauern stellten einen Korb mit Kartoffeln vor das Hoftor, und jeder durfte sich ein paar nehmen. „Vergelt's Gott."

Die Menschen der Nachkriegszeit mussten sich so manches einfallen lassen, um nicht zu verhungern. Auch ihre Mutter ging auf die abgeernteten Felder „stoppeln" und ließ die aufgelesenen Ähren beim Müller mahlen. Öl beschaffte sie sich, indem sie Bucheckern und Sonnenblumenkerne öffnete, was eine zeitraubende Arbeit war. Wie und wo sie ausgepresst wurden, wusste die Kleine nicht. Mit diesem Öl gebratene Kartoffeln oder Nudeln schmeckten immer leicht ranzig, aber sie erweiterten den eintönigen Speiseplan. Dieser bestand überwiegend aus Kartoffeln: gekocht, gebraten, als Klöße, Suppe, Pfannenkuchen. Aus Kartoffelmehl wurden Kuchen gebacken. Als Beilage von Nudeln: Marmelade, Eingemachtes, mit etwas Wasser und Zucker bestreut, auch mit Milch oder Obstsaft verfeinert. Es gab Gemüseeintöpfe, wässrige Gemüsesuppen, Salate. Alles, was essbar und nach Jahreszeit zu bekommen war, wurde verwendet.

In der Schule wurden für die Kinder und die Ärmsten der Armen Essenrationen ausgegeben. Milchpulver, das so ekelhaft am Gaumen klebte, wurde verteilt. Fleisch und Wurst, wenn überhaupt, wurden mit Andacht gegessen und so lange wie möglich im Mund behalten, ohne zu schlucken, um den seltenen Genuss auszukosten. Die Bauern, die genau wussten, wer schwarz geschlachtet hatte, was streng verboten war, machten sich einen Spaß daraus, in dem sie sagten: „Mensch, wisch deu Kinn ab, da hänge ja noch Griewe (ausgelassener Speck) draa."

Die Amis sind da

Wer waren sie, diese Amis? Die Amis waren die „Besatzer". Dieses Wort hörte sie sehr oft, ohne zu begreifen, was es eigentlich hieß.

Für sie gab es schwarze und weiße. Solche, die aussahen wie sie und andere, die wegen ihrer Schokoladenfarbe Neger hießen. Sie sagte zu ihrer Mutter, dass der liebe Gott sie nicht fertig gestrichen hätte. *Die Händ' sinn inne' ganz hell.*

Verstehen konnte sie beide Arten von Amis nicht. Ein Ami war für sie zuerst mal ein *Fress-Depot*. Wenn man lange genug um sie herumstand oder den Autos hinterherlief, war es sicher, dass man etwas geschenkt bekam. Mit der Zeit lernte sie einige Worte ihrer Sprache. *Have you chewing gum, chocklet?* waren ihre ersten Versuche, die stets belohnt wurden. Die dünnen, oftmals mit Nüssen durchsetzten, in rotbraunem Papier verpackten Schokoladen-Täfelchen, die bunten *Gutsjer*, über deren Anblick sie sich freute in dieser farblosen grau-grün-braunen-Zeit, vom anschließenden Lutschgenuss ganz abgesehen, blieben erinnerungswürdig. Sie lernte, dass man in eine Apfelsine oder Banane nicht einfach hineinbeißen konnte wie in das Obst, das sie kannte, und dass sich die olivfarbenen Dosen, die sie manchmal bekam, nicht durch *Aufschmeißen* öffnen ließen.

Für die Familie brach eine wesentlich bessere Nachkriegszeit an, als ihr Vater kurz nach Kriegsende von einem Lager auf den Rheinwiesen aus amerikanischer Gefangenschaft zu ihnen in das Dorf gekommen war. Dank seiner Englischkenntnisse hatte er bei den Amis auf dem ehemaligen Fliegerhorst Arbeit als Friseur, Barkeeper und Mädchen für alles gefunden.

Er brachte Zucker, Schmalz, Kaffee, dicke Speckschwarten, die eigentlich zum Glänzen der Armeestiefel oder

Öfen verwendet werden sollten, „Donats", die so stark nach Vanille schmeckten, dass ihr jedes Mal schlecht wurde, mit. Unbezahlbare Schätze. Ihre Mutter bewahrte diese Kostbarkeiten in der einen Hälfte des Kleiderschranks auf, die jetzt zweckentfremdet einen Küchenschrank ersetzte und vor dem Bombenangriff, in der ihre Hanauer Wohnung ausbrannte, das Wäschefach gewesen war. Hin und wieder bekam ihr Papa auch einmal eine Schachtel Zigaretten, die damals ein Vermögen waren und gegen andere Lebensmittel eingetauscht werden konnten. Der „klaane Schtobbe" war begeistert von dem weißen Zucker, der aussah wie frischgefallener Schnee, und später von den *blonden*, hellen Brötchen, die der Bäcker ab und zu verkaufte. Dinge, die sie nur vom Hörensagen gekannt hatte.

Die erwachsene Bevölkerung, abgesehen von denen, die bei den Amis arbeiteten, begegneten den fremden Soldaten überwiegend mit Scheu, Zurückhaltung oder dienerndem Respekt. Das Mädchen fühlte das Misstrauen zwischen Besatzern und Besiegten, was sie nicht verstand. Denn immer wieder hörte sie, dass die Leute froh darüber waren, dass der Krieg zu Ende war und sie, Gott sei Dank, in der amerikanischen Besatzungszone lebten.

Was bedeutet, Zone, was war Krieg? War'n kaputte Häuser Krieg? Warum weinte so viele Fraue und wartete uff Post von ihre Männer? Wo war'n die überhaupt und was meinte mer mit vermisst und gefalle? War des alles Krieg? Sie traute sich nicht mehr zu fragen. Immer wurde ein Taschentuch benutzt und sich von ihr abgewandt, was sie als *widder mal ins Fettnäpfche getrete* empfand. *Krieg musst uff jeden Fall ebbes ganz, ganz Schlimmes seu, üwwer des mer lieber net redde dut.*

In ihren Gedanken wandte sie sich wieder den Amerikanern zu. Die waren immer freundlich, lachten und verwöhnten sie mit Süßigkeiten. Sie liebte ihre *neue' Freunde* und versuchte stets, sich mit Händen und Füßen verständlich zu machen. Die Schwarzen wurden von ihr bestaunt, aber ganz geheuer war es ihr nicht, als einer sie auf den Arm nahm. Nach anfänglichem Erschrecken traute sie sich dann doch einmal, an die Haare zu greifen, die so lustig aussahen, und auch die braune Haut näher zu betrachten. Schüchtern streichelte sie das Gesicht, um erstaunt festzustellen, dass keine Farbe an ihrer Hand zurückgeblieben war. Unsicher, einen Finger im Mund, einen Fuß auf der Erde hin und herdrehend, stand sie wieder auf festem Boden und hatte das Gefühl, dass der Dunkelhäutige ihre Gedanken erriet. „Wer hat Angst vor'm schwarzen Mann? Niemand! Wenn er aber kommt? Dann laufen wir!" Aber hiermit konnte nur der Schornsteinfeger gemeint sein, der jedes Mal ihre Backen mit Ruß schwarz machte, wenn sie nicht aufpasste, und der, während sie sich mit dem Ärmel über das Gesicht wischte, lachend weiter ging. *Nie en Neger.*

Feste und Theater

Am Gangende befand sich, rechts vor ihrer Wohnungstür, eine zweite Tür zum Saal. Machte man sie auf, sah man in einen rechteckigen Raum, in dem einfache Tische und Stühle aus Holz standen. Die Dielen des Fußbodens knarrten gewaltig. Jeweils vier Fenster gingen zur Hauptstraße und in den Hof, eins zu den Nachbarn Ecke Frankfurter Straße/Bahnhofstraße. In der linken hinteren Ecke des Saals befand sich ein Podium. Auf ihm stand ein Klavier, und bei Tanzveranstaltungen spielte dort die Kapelle.

Im „Saal vom Roth" (die Familie heißt noch heute so) feierte die Besatzungsmacht mit den Honoratioren des Dorfs, später auch mit ihren „Frauleins" geräuschvolle Feste. Diese häufig in „Besäufnis" und auch im wahrsten Sinne des Wortes schlagartig endenden Partys waren für die Familie sehr ertragreich. Ihre Mutter sammelte eifrig

Zigarettenkippen, die bei Freunden und als Tauschobjekt heiß begehrt waren. An diesen Abenden, wenn *schrääsch Musik*, womit der Glenn-Miller-Sound gemeint war, die Kinder nicht einschlafen ließ, nutzte die Kleine die Gelegenheit und gab, je nach Laune in einem stilisierten Ballettröckchen oder in ihrem Nachthemd, eine Vorstellung, wie sie es nannte.

Freunde und Bekannte ihrer Eltern, darunter auch Amerikaner, die im „Zuschauerraum", der Küche, wegen der Enge fast übereinander saßen, wurden durch ihre Ansage *Das Spiel beginnt!* auf das Ereignis aufmerksam gemacht. Das Mädchen kam hinter dem Wolldeckenvorhang hervor, machte einen Knicks (nur hier knickste sie) und begann mit der Aufführung. Diese bestand aus Tanz, Gesang, Gedichte Aufsagen und einem Akrobatikteil, der sich aus Spagat, Kopfstand im freien Raum und Handstand an der Küchentür zusammensetzte.

Kopf-, und Handstand fand sie besonders faszinierend, denn unter allgemeinem Gelächter rutschte stets ihr Nachthemd über den Kopf und ihr nackter Po kam zum Vorschein, *mer hat damals, unner dem Hemd, kaa Unnerhösie an.*

Sie zeigte sich, um die Reaktion der Erwachsenen zu sehen, da ja im mittleren Körperbereich alles, was unter der Gürtellinie lag, tabu war. Das Erröten ihrer Mutter und ihr „Na so was", die Heiterkeit der Anwesenden, die ihre *Nackischseu* nicht zu stören schien, irritierte und verwunderte sie jedes Mal. *Komisch, sie mächt ebbes Unanständiches un doch wärd drüwwer gelacht. Merkwärdich.*

Manchmal verstand sie die Erwachsenen wirklich nicht.

Mit kindlichem Charme und Raffinesse entzückte sie ihr Publikum. Sie war sich dessen genau bewusst und flirtete mit den anwesenden männlichen Personen ausgiebig. Ein kleines Luder. Mit einem sehr jungen Amerikaner hatte sie es am liebsten zu tun. Er könnte etwa 18 bis 20 Jahre alt gewesen sein und wurde von ihr Robert genannt, da sie seinen Nachnamen „Rupert" für dessen Vornamen hielt. Er ließ sich von dem „klaane Hobsch" fast alles gefallen und ertrug ihre Neckereien geduldig. Als er abkommandiert wurde, flossen heiße Tränen. Anfangs tröstete sie sich damit, dass sie ja einmal ein großer Star, wie man das nannte, werden würde und sie dadurch auch nach Amerika käme. Dort könnte sie ihn ja besuchen. Ihr Liebes- und Abschiedskummer wurde ein wenig durch einen Collegring, mit dem sie so oft gespielt hatte und den er ihr nun schenkte, gemildert. Sie verwahrte diese Kostbarkeit viele Jahre auf, bis er irgendwann zu ihrem Bedauern verschwunden war. In ihrem Bett malte sie sich ihre Auftritte in Amerika aus. Wie Marika Rökk sah sie sich tanzen, wirbeln, schweben. Wobei ihr der anschließende, natürlich grandiose Applaus nicht das Wichtigste war, er gehörte einfach dazu.

Bei dem Talent!

Tanz

Durch Erzählungen ihrer Mutter, Fotos und gelegentliche Besuche von Künstlern des Hanauer Stadttheaters fasziniert, übte sie Ballettschritte, so gut sie konnte. Es sah zum Schreien komisch aus und war alles andere als grazil, was den „klaane Hibdekees" (kleiner hüpfender Käse) aber nicht störte.

Walzer, Foxtrott, Polka und Samba lagen ihr. Schon mit vier Jahren beherrschte sie diese Tänze. Sie wurde wütend, wenn ein Erwachsener sie auf den Arm nehmen wollte, um mit ihr zu tanzen. Sie schrie Zeder und Mordio, bis er merkte, was sie wollte und sie auf die Erde stellte. Dort streckte sie ihre Arme, die kaum zu den Händen des

Tanzpartners reichten, empor und legte mit ihm eine flotte Sohle aufs Parkett. Voller Genugtuung und amüsiert war sie über die erstaunten Blicke, wenn sie sich in völliger Harmonie zu der Musik und den Schritten des Partners, die etwas kleiner ausfallen mussten, bewegte. Töne setzte sie in tanzende Bewegung um.

Wenn im Dorf „Kerb", Fasching oder sonst eine Tanzveranstaltung stattfand, durfte die „Klaa" oft die erste Stunde dabei sein. Ihr Bruder, der sie, wenn es Zeit war, heimbringen sollte, hatte jedes Mal einen schweren Kampf durchzustehen. Sie benahm sich wie ein Ziegenbock. Für ihre Tanzleidenschaft und die Bewunderung, die sie noch mehr beflügelte, nahm sie auch mal brüderliche Kniffe und Püffe hin. Hauptsache, sie konnte dadurch die Heimkehr hinauszögern.

De klaane Deiwelsbrate (Teufelsbraten)!

Mode

Obwohl es noch viel Armut gab, begann man sich schon bald zu verschönern. An den Damenschuhen wurden vom Schuster Leder- oder Stoffbändchen angebracht, die um die Knöchel getragen oder gebunden wurden.

Hüte, Schals, Pelzstücke, Schleier, Vorhänge und auch Knöpfe wurden häufig zweckentfremdet. Fallschirmseide eignete sich gut für Unterröcke, Nachthemden und Blusen, die bunt bestickt hübsch aussahen. Eine Uniform wurde zum Kostüm und Armeemäntel zu zivilen Kleidungsstücken umgearbeitet. Alte Wollpullover und Decken wurden aufgeribbelt. Die Kinder trugen gestrickte Röcke, Jacken, Pullover, Strümpfe, Hosen, Unterhosen und Hemdchen. Am ekelhaftesten empfand sie die langen Wollstrümpfe. *Die kratzte' färschterlich!* An ihnen und dem Leibchen, das wie ein zu kurz geratenes Unterhemd aussah, wurden Wäscheknöpfe angenäht und durch ein Knopflochgummi miteinander verbunden. Wenn sie sich setzte, gab der Gummi nach und die Strümpfe rutschten. Stellte sie sich, zog das Leibchen nach unten und die *Wollene-Kratzige* nach oben. Ein widerliches Gefühl, das sie öfters sehr, sehr unleidlich und dadurch zum *Queelgeist* werden ließ.

Sehr verhasst waren ihr auch die Schürzen, die zur Schonung der Kleidung angezogen wurden. Ebenso die Schleifchen, die sie in ihren Zöpfen, am Haarkranz, an Blusen und Röcken tragen sollte. Ihre Mutter fand das so hübsch für ein Mädchen. Ganz abgesehen von diesen *Drecksdingern* wollte sie sowieso kein Mädchen sein. *Als Mädche durft se net des mache, was die Bube mache durfte, un des war gemein!*

Wer kennt die Namen?

Ihre Mutter fand es erstaunlich, wie die Dorfbewohner Familien, die miteinander verwandt waren und die gleichen Vor- oder Nachnamen trugen, auseinander hielten. Um eine Verwechselung der Person zu vermeiden sagte man zum Beispiel: „Vom Fasse Gerhard, dem Fritz seun Sohn." Für Fremde war das sehr verwirrend, denn Gerhard Fass war der Großvater, Fritz der Sohn, und erst von dessen Sohn wurde gesprochen.

So ging es lustig weiter: „De Fasse Rudi, vom Erwin de Älst." Der älteste Sohn vom Erwin Fass hieß Rudi, er war gemeint.

„Vom Ecke Fass des Ma-rie-che." Der Hof der Familie lag an oder in einer Straßenecke, die Tochter hieß Marie (oder Maria).

„Dem Fasse Heinrich seu Lisbeth". Hier war die Frau des Heinrich Fass gemeint. (Im Dialekt wurde „des" mit der Tochter verbunden, und „seu" mit der Ehefrau.)

Man führte vor den Namen die Berufe an: „Dem Schmied seun Sohn, de Karl." Oder sagte den Geburtsnamen der Frau zuerst und dann den ihres Mannes, wenn dieser gemeint war: „De Selle Käthe ihrn Mann, de Köhler."

Durch Unarten oder Gebrechen hatten die Leute schnell einen Spitz- oder „Uznamen". Er konnte aus Urgroßvaters Zeiten stammen. Oftmals kannte man ihre frühere Bedeutung nicht mehr, da die „Uznamen" oft über Generationen vererbt wurden. Die „Stoppelhopsern" erzählte vom „Pfeifer, Vesper, Pesser", ohne zu ahnen, dass es Spitznamen waren.

Erst viele Jahre später erfuhr sie es. Ihrer Mutter war es ungemein peinlich, als sie einen Bauern mit „Herr Bie-Köhler" (Bienen-Köhler) ansprach und dieser sie darauf aufmerksam machte, dass er mit Familiennamen Köhler heißen würde. Er hatte in „der Wingert" Bienenstöcke stehen. Es gab auch noch den „Guts-Köhler". Dieser Herr Köhler verkaufte bei Festen *Gutsjer,* Bonbons. „De Kohle-Sell" war ein Herr Sell, der Kohlen ausfuhr (vielleicht einen Kohlenhandel hatte). Dann gab es auch noch den „Rudi-rallala", der wunderbar tanzen konnte und als Bedienung auf allen Feste im Umkreis zu Hause war.

Den Reigen der Namen kann man fortsetzen: „Des dormelisch Käthche", die Käthe war schusselig, vergesslich. „Des narrisch Annache" war lustig, nicht närrisch. „Die Schiemaze", der Junge nannte als Kind die Ameisen so. „Die Bebelern", sie bohrte immer in der Nase. „Des Buckelche" war missgestaltet, hatte einen Buckel. „De Saascher", auch Pinkler, Pisser, Pesser. „De Guckguck" (vielleicht auch Kuckkuck), entweder kam der Name von dem gleichnamigen Vogel und seiner Besonderheit oder wurde von „gucken", hinschauen, beobachten, nachschauen, abgeleitet. Jedenfalls war das der „Uznamen" des Wirts, in dessen Haus sie wohnten. Wollten die Männer in seine Gaststätte, sagten sie: „Mer gieh zoum Guck-Guck (Wir gehen zum Kuckkuck)." Gewollt oder ungewollt vererbte er ihn an seinen Sohn Heiner.

Über *fünf Ecken* war der überwiegende Teil der *Dörfler* miteinander verwandt. Man zog zwar gegenseitig übereinander her, aber mit Gerede musste man schon vorsichtig sein. Vor allen Dingen Fremde konnten mit einer missbilligenden Äußerung gehörig ins Fettnäpfchen treten. Mit der Androhung von Prügel mussten sie rechnen. Wenn jemand *von draußen* kam, hielten die *Dörfler* auf Biegen und Brechen zusammen.

Als einige Mädchen vom Dorf mit Amerikanern gingen, hieß es, sie wären „Ami-Nutten". Man sagte das nicht offen zu ihnen, man machte das viel geschickter. Wenn so ein Mädchen an jungen Männern vorbei ging, fragte einer einen anderen nach der Uhrzeit: „Wie spät ist es?" Bei jeder Uhrzeit wurde „A-mi-nutte vor", was auf Hochdeutsch „eine Minute vor" heißt, gesagt. Sie hatte keine Ahung, was Nutten waren, aber der abwertende Tonfall und das Gehabe der jungen Männer fiel ihr auf.

Anna

Ihre Eltern hatten ein Friseurgeschäft in der „Ecke", in einem kleinen ehemaligen Funkraum und Trafohäuschen des Fliegerhorsts aufgemacht. Anfangs arbeitete ihre Mutter von Mittwoch bis Samstag. Als ein Lehrmädchen eingestellt wurde, kam noch der Dienstag hinzu, da die Ausbildung an fünf Tagen in der Woche stattfinden musste. Ihr Vater bestellte seine Kunden nur samstags, da er die Woche über als Reisender für eine Genossenschaft und als Berufsschullehrer in Gelnhausen beschäftigt war.

Da sie noch zu klein war, um unbeaufsichtigt zu sein, wurde sie an den geschäftsoffenen Tagen von ihrem Bruder, bevor er in die Schule ging, zur Anna gebracht. Diese vertrat Mutterstelle an der Kleinen.

Mit Waschzeug und Unterhosen bewaffnet – sie machte noch oft in die *Selbigen* hinein, da sie beim Spielen zu lange wartete und es dann zu spät war, *alles Petze half nix* – ging sie zu ihrer zweiten Mutter. Die war für sie oft *der beste Mensch uff de Welt*. Hauptsächlich dann, wenn ihre Mutter ihr etwas verboten hatte. Bei Annas Mann durfte sie hämmern, nageln, sägen, schnitzen, sie lernte Holz hacken und mit der kleinen Handsichel Gras mähen. Sie half, die Hühner, Gänse und Karnickel zu füttern und ging mit der jüngsten Tochter, Anna hatte fünf Kinder, die „Wulle, Wulle" auf dem Hügel hinter der Scheune hüten. *Die klaane Gäns fand se ja sooo süß, komm Wulle, Wulle, Wulle, komm*, aber sie mochte das etwa sieben Jahre ältere Mädchen, die Helga, nicht sonderlich, und das hatte einen Grund.

Helgas Vater, der Onkel Fritz, hatte seiner Tochter aus Frankreich, wo er im Krieg eine Zeit lang stationiert war, eine große Zelluloidpuppe mit aufgemalten dunkelroten Haaren mitgebracht, die auf ihrem Bett saß. Später schruppte Helga die roten Haare mit Scheuersand ab. Aus Mangel an eigenen Spielsachen nutzte die „Klaa" jede Gelegenheit, um mit der Puppe zu spielen. Sie durfte sich nur nicht von der Besitzerin erwischen lassen. War das der Fall, ging die *Kreischere*i (Geschrei) los. Anna hatte jedes Mal große Mühe, die Kampfhähne zu trennen, was wiederum nur mit ihrem „Kreischen" gelang.

Beleidigt und wehklagend beschäftigte sich „de Deiwelsbrate", da ihr Gejammer nicht zum erwünschten Erfolg führte, mit anderen Dingen! Zum Beispiel mit Fliegenfangen, was nicht einfach war. Wenn sie ihrer Mutter abends davon erzählte, fragte diese meistens: „Und wie viel hawwe gelacht?" Das hieß, wie viele sind entwischt! *Phu*! Bewegte man sich in Annas Küche, flogen ganze Schwärme von Fliegen auf, um sich an ruhigerer Stel-

le niederzulassen. Ganz sicher auf dem Essen, wenn das nicht abgedeckt war. Im allgemeinen störte man sich nicht an ihnen. *Mer wedelt halt e bissi mit de Hand.* Fuchsteufelswild wurde man nur, wenn man schlafen wollte und eine Fliege sich das Gesicht als Landeplatz ausgesucht hatte.
„Scheiß Fläije – Scheiß Fliegen", sagte Anna.

Bei ihr hingen, wie überall in den Häusern, gelbe, eklige Fliegenfänger von der Decke. Dem „Hobbsch" am *Bäbäbästen* war der, der von der Lampe über dem Esstisch hing. Überall klebten Hunderte von Leichen oder noch zappelnde Fliegen. *Bä ...*

Problematisch

Aber ach, das war ja nichts gegen die ganz und gar widerlichen, dicken, fetten, schwarzen, behaarten Spinnen. *Brrrrrr.* Überall waren sie zu finden. Im Keller, der Scheune, im Schuppen, Stall ... Mit der größten Abneigung und nur mit Widerwillen ging sie auf das Plumpsklo im Hof, das durch ein Herz in der Holztür gekennzeichnet war. *Auch dort saße die, in de Ecke!*

Der Gedanke, es könnte sich eine abseilen und auf ihren Kopf oder gar auf ihren nackten Po fallen, beschleunigte das Geschäft, das man dort verrichtete, erheblich.

Die Plumpsklos waren in ihren Augen *auch die letzte Dinger.* Weshalb in die Tür *dieses grässlichen Ortes e Herz un net en Popo geschnitte war,* verstand sie *sowieso net!* Die Erwachsenen lachten immer nur, wenn sie „knoddorte" (meckerte).

Für sie war es nicht leicht, die richtige Position im *Abee* bei diesem großen Loch einzunehmen. Setzte sie sich zu weit nach hinten und stützte sich nicht rechtzeitig ab, konnte sie sich einklemmen; saß sie zu weit vorne, pinkelte sie alles voll. Ihre kurzen Beine ragten sowieso hilflos in die Luft. Sie beneidete die Männer, die überall hinmachen konnten. An den Misthaufen in Annas Hof wollte sie sich auch nicht mehr setzen wie früher, als sie noch zu klein war, um die Tür zum „Abee" zu öffnen. Die Hühner pickten sogar ihr *Groß' Geschäft* auf. *Pfui Deiwel und ich hab' aach noch Eier von dene' gesse.*

Wenn bei Anna das Tor offen war, machte sich das Mädchen hin und wieder selbständig und *guggte* (sah) sich die etwas weitere Umgebung, an. *Die arm' Anna, was die dann von ihrer Mutter zu heern gekrischt hat.*

Nach solchen Ausflügen wurde es oft problematisch, unbemerkt in den Hof zu gelangen. Dass das Tor geschlossen war, war kein Hindernis, aber die Gänse.

Um den Wächter der Gänse, den Ganter, zu überlisten, kletterte sie am Tor hoch, lief an der Mauer des Vorgartens entlang, die etwa zwei Meter über der ebenen Erde lag und sich zum Hof hin verjüngte. Durch die kleine Gartentür des Zauns lief sie im Vorgarten zu einem Fenster, vor dem eine Bank stand. Hier hangelte sie sich durch das Fenster auf einen Stuhl in das Zimmer, in dem die große Zelluloidpuppe auf dem Bett saß. Die Gelegenheit, mit der Puppe unbeobachtet zu spielen, war stets verlockend. Aber nicht immer gelang die Rückkehr durch das Fenster. Die Schwierigkeiten begannen dann, wenn das Fenster zu war oder im Zimmer kein Stuhl stand und sie Angst hatte zu hüpfen. Schließlich war sie „en klaane Stobbe".

Da ging das Geschrei nach der Anna los, die sie, nachdem der Ganter mit dem Besen vertrieben worden war, befreite. *Was stets mit elle langem Gemecker üwwer's Ausbüchse' verbunde war.* „Su en Deiwelsbrarre awwer aach", womit Anna nicht den Ganter meinte.

Der Teufelsbraten versuchte immer wieder, den Gänserich zu ignorieren. Wenn der aber schnatternd und zischelnd mit lang vorgestrecktem Hals auf sie losging und unter ohrenbetäubendem Geschnatter die übrigen Gänse ihm folgten, rannte sie mit ihren kurzen Beinchen, als wäre der Teufel hinter ihr her, in das Haus und schmiss die Tür zu. *Drecksvieh!!*

Der Schäfer

Anna wohnte nicht allein mit ihrer Familie in dem mit Holzschindeln verkleideten Haus vor der Kurve. Der Schäfer des Ortes hatte seine Wohnung im ersten Stock. Er war verheiratet und hatte drei Kinder, die aber ganz selten da waren.

Das Mädchen ging nicht oft die steile Treppe hoch zu ihm und seiner Frau. Meistens hatte Anna auch Krach mit ihnen und erlaubte es nicht. Sie wunderte sich immer, wenn er die Schafe abends von der Weide zurückbrachte, *dass die genau wusste', wo se hin gehör'n un' in die rischdische Höf' gelaafe sinn un es in seuner Wohnung nach Schafe' geroche hat, obwohl die doch in ihre Ställ' war'n*. Hinter dieses Geheimnis ist sie nie gekommen. Die Idee, sich die Antwort von den Bauern zu holen, weshalb die Schafe die richtigen Ställe kannten, kam ihr sowieso nicht, denn: *Die könne' des garnet wisse, weil die ja kaa Schäfer sinn. Basta!.* Na ja!

Sie fand diesen Mann hochinteressant, gleichzeitig war er ihr aber auch nicht ganz geheuer. Seine Schweigsamkeit irritierte sie, deshalb traute sie sich auch nicht, ihn etwas zu fragen. Stets hatte sie das Gefühl, ihn bei einer wichtigen, für sie unbegreiflichen Sache zu stören. Seine Augen blickten in die Ferne und mussten etwas sehen, was sie nicht sah. Eine merkwürdige Beklommenheit kroch in ihr hoch. Meistens verhielt sie sich sehr still und beobachtete ihn, was ihm nichts auszumachen schien. Wurde es ihr zu unheimlich, ging sie zu seiner Frau und unterhielt sich mit ihr über alltägliche Dinge. *En sonderbare Mann, der aach noch e klaa golden Ohrringelsche am Ohrläppche hatt'!*

Tierisch

Die „klaa Gewalt" entzog sich immer mehr den mütterlichen Händen ihrer Anna und begann das Dorf unsicher zu machen.

Sie liebte alles in ihrem Dorf, das *Gekräusch, Gefläuch, Gelaaf*. Respektvoll tätschelte sie die Pferde. Zog die *Wutze* am Ringelschwanz, die lauthals protestierten, kuschelte sich in das Fell der Schafe und lief mit den Hunden um die Wette. Der Versuch, auf einer der Ziegen vom *Maaneflechter* (Korbflechter) Runkel in der Backhausstraße zu reiten, endete für sie kläglich. *Die hat net still gehalde und ich bin in die Kneddel* (Knöddel) *gefalle*. So zog sie es vor, die Geißlein nur noch zu streicheln und zu füttern. Allerdings konnte sie es sich häufig nicht verkneifen, den Bock zu ärgern. Indem sie seine Hörner festhielt, prüfte sie gleichzeitig, wie stark sie war, wenn er sich wehrte und stoßen wollte.

Tagtäglich gab es etwas Neues zu sehen und zu entdecken. Bäuchlings verfolgte sie den Weg der Ameisen. Legte ihnen irgendetwas zu essen hin, um zu sehen, wie sie es wegschleppten, oder zerstörte interessehalber hin und wieder einen Gang, den sie in Windeseile reparierten. Hatte sie sich einmal aus Versehen in einen Ameisenhaufen gesetzt und wurde von ihnen drangsaliert, empfand sie das als Rache der von ihr früher geärgerten Verwandtschaft. *En Ameisen-Zusammenhalt-Feldzug*.

Als sie größer war und ihr der Weg nicht mehr so endlos erschien, ging sie jedes Jahr mit einem Einmachglas Richtung Bahnhof, um aus einem Bach, der durch die Wiesen plätscherte, Kaulquappen zu holen. Sie fand es, *hochint'ressant, wie aus dene fischähnliche Dinger Froschwinzlinge wern*. Den Überlebenden gab sie auf einer der Wiesen die Freiheit. *Juchhu, Juchhe, drallalalala*.

Unterwegs machte sie fast an jeder Linde am Straßenrand Halt, um sich die rot-schwarzen Feuerwanzen anzusehen. Aus einiger Entfernung sah es aus, als würden Blumen an den Baumstämmen wachsen. Das erste Mal war sie sehr enttäuscht, als sich diese als *Klumpe* übereinander laufender *Franzose*, wie die Kinder sie nannten, entpuppten. Auf dem Nachhauseweg legte sie sich wieder einmal am Backhaus in der Bornsgasse auf die Lauer, um endlich die Grille zu sehen, die irgendwo saß und so wunderschön zirpte. Auch heute hatte sie kein Glück. *Dann ewe net!*

Nach dem Sechs-Uhr-Abendläuten ging sie oft in die Nachbarschaft, um bei dem Melken der Kühe zuzusehen. *Strip-Strap-Strull, is de Aamer noch net full* – ist der Eimer noch nicht voll? Sie liebte die Geräusche des Milchstrahls, der blechern im Eimer auftraf und einen immer satteren Ton bekam, wenn sich dieser füllte, das Wiederkäuen der Kühe und das Stampfen der Pferde im Nachbarstall, die mollige Wärme, die sie umgab. Der Pfiff ihrer Mutter signalisierte ihr, dass sie nach Hause kommen musste. Aber am nächsten Morgen durfte sie helfen, den *Schweinefraß*, das *Säufutter*, zu machen, das hatte ihr die Bäuerin versprochen. Oh, wie schön war das Zermanschen der mit Schalen gekochten Kartoffeln, das Mischen von Kleie, Schrot, Essensresten und Wasser. Geradezu lustvoll wühlte sie in den Eimern die Pampe durch, die so *knatchisch* durch die Finger quoll. Die Schweine, die das Klappern der Eimer gehört hatten, machten mittlerweile einen solchen Höllenlärm, dass man sein eigenes Wort nicht verstand. Hatte die Sau geworfen und machten sich rosige, kleine *Wutzjer* quiekend und schmatzend in Reih und Glied liegend an ihre Mutter zum Saufen heran, jauchzte und hüpfte sie vor Freude im Schweinestall herum.

Jedes Frühjahr brach sie in wahre Begeisterungsstürme aus, wenn sich überall in den Ställen Nachwuchs eingestellt hatte. Sie bestaunte die Kälbchen und Füllen, die auf staksigen Beinen ihre ersten Steh- und Gehversuche machten, die Fellknäuel, in denen Hasenkinder lagen.

Stundenlang saß sie am Backofen, der die Glucke ersetzte, um die aus ihren Eierschalen geschlüpften „Bibis" zu begrüßen. Im Hof stand ein mit dünnem Draht umspanntes Holzgestell, in das die kleinen, gelben Küken eingesperrt wurden. Der Käfig war ständig umlagert, nicht nur von den Kindern, auch die Katzen fanden die Neuankömmlinge interessant.

Die Geburt eines Tieres empfand sie als etwas ganz Natürliches. Sie verstand ihre Mutter nicht, die bald in Ohnmacht fiel, als sie ihr von einem Wurf Schweinchen erzählte, bei deren Geburt sie dabei war. Dass Kühe, Pferde, Ziegen, Schafe, Schweine, Hasen und Hühner nur durch Bespringen, Aufsteigen und Bocken, wie die Bauern das nannten, zu den süßen kleinen Tierchen kamen, wusste sie doch. Überhaupt fühlte sie sich immer mehr bei „diesen Dingen", wie ihre Mutter es nannte, verunsichert. Weshalb benahm diese sich *stets soo* und schickte sie aus dem Zimmer, wenn es um diese Gespräche ging? Sie verstand es nicht und bekam auch keine Antwort. Sie würde schon noch hinter dieses Geheimnis, das *ungeheuerlich* sein musste, kommen, wenn ihre Mutter *so beschisse* reagierte.

Blutiges

Sie schlenderte durch das Dorf und hörte, dass sich jemand einen Finger abgehackt hätte. Kreissägen waren an solchen Verstümmelungen oft beteiligt. Sie schüttelte sich. Ihr wurde im Bauch wieder genau so komisch wie beim letzten Mal, als Anna dem „Gickel" mit dem Hackbeil den Kopf abgeschlagen hatte und oben das Blut wie eine Wasserfontäne spritzte. Dann lief dieses Vieh auch noch flatternd und ohne Kopf im Hof herum, nur weil Anna es nicht richtig festgehalten hatte.

Schrecklich! Sie war erschrocken, fand es andererseits aber hochinteressant.

So ganz ohne Kopp un kann noch renne!

Einige Dinge mochte sie überhaupt nicht. Das fürchterliche Schreien der Schweine, wenn eins von ihnen geschlachtet werden sollte, ging ihr durch Mark und Bein. Wenn der Metzger kam, wurden die Kühe in den Ställen unruhig und muhten. Mit weit aufgerissenen Augen zerrten sie an ihren Ketten. Der ganze Viehbestand des Dorfes war in heller Aufregung, als ahnten sie, was kommen würde.

Die Schweine wurden mit einem Bolzengerät betäubt und dann abgestochen. Sie sah sich das nur ein einziges Mal an und nie wieder. Das Brühen der Sau, um die Borsten entfernen zu können, war noch erträglich, das Zerteilen und das Wurstmachen fand sie hingegen nicht sehr appetitlich, aber auf das anschließende Schlachtfest freute sie sich. Leberwürstchen, Blutwürstchen, Solber mit Sauerkraut und Bohnenbrei, das alles ließ sie sich schmecken. Nur die „Schwarz Broi", die aus Blut gemacht wurde, ekelte sie. *Brrrr!* Die Wurstsuppe wurde an die Nachbarschaft verteilt, die sie immer in einer kleinen Milchkanne nach Hause holte.

Ganz traurig wurde sie, wenn sie die mit Stroh ausgestopften Bälge der Hasen sah.

Es is schonn widder einer dot gemacht worn! Die Felle hingen zum Trocknen an den Scheunen oder Schuppen neben den Maiskolben. *Da wo früher de Scheuerbambel gebambelt hat.* Vor der Währungsreform rauchte man oft den selbstgezogenen Tabak, der auch an Scheunen zum Trocknen hing. Ob er schmeckte, wusste sie nicht, aber der Leitspruch der Bauern war eh: „En de Nout fresst de Deiwel Fläije – In der Not frisst der Teufel Fliegen." *Ja, ja.*

Tagtägliches

In aller Frühe hörte sie im Halbschlaf die Hähne krähen. Bald darauf schepperten die Milchkannen. Das Dorf erwachte. Die Schafe wurden abgeholt. Die Bauern fuhren auf's Feld. Es roch vom Bäcker nebenan nach frischem Brot und Brötchen.

Die Frauen holten das Bettzeug von den Fenstern, das jeden Morgen ausgelüftet wurde, gingen einkaufen, kochten das Mittagessen, packten einen Henkelkorb, wenn der Bauer, die Knechte und Tagelöhner auf dem Feld blieben. Überwiegend brachten die älteren Kinder das Essen auf die oft weit entfernten Äcker.

Um zehn Uhr etwa bimmelte der Ortsdiener Adam Bechthel mit seiner großen, messingfarbenen Schelle und rief die allgemeinen Bekanntmachungen aus. Die Leute kamen an die Fenster oder liefen hinaus auf die Straße und standen um ihn rum. Die Gelegenheit wurde genutzt, den neuesten Dorfklatsch weiter zu verbreiten. Es war oft erstaunlich, mit welch einer Geschwindigkeit sich ein Ereignis herumsprach. Heute lachte das Dorf: „Iwwers Käthche Veith un ihr'n Alde, de Karl. Die steht owe am Grawe un sucht seu Gebiss!"

Nach einer Sauftour war der holde Gatte am Morgen ohne Gebiss im Mund und ohne Erinnerungsvermögen erwacht. Da alles Suchen in der Wohnung und in seiner Kleidung keinen Erfolg hatte, die Zähne sich auch nicht im Wirtshaus befanden, blieb nur noch der Graben, der vor den Häusern an der Straße Richtung Kreisstadt entlang lief, übrig. Mit Gummihandschuhen bewaffnet, durchwühlte seine bessere Ehehälfte den „Gott sei Dank" flachen Graben, wobei ihr die Umstehenden mit guten Ratschlägen, aber die Hände in der Hosentasche, beistanden. Das Ende der Geschichte war kurz, da ihr Mann die „Beißerchen" mittlerweile im Bettbezug gefunden hatte. Lästernd gingen die Leute wieder ihrer Arbeit nach.

Eine andere Sache, die ihn ebenso betraf und auch für ein Lauffeuer sorgte, waren die Erdbeeren, die er auf einem Stückchen Land angepflanzt hatte. Da er als Städter, wie die Bauern frotzelnd sagten, eh' keine Ahnung von Ackerbau und Viehzucht hätte, ging er jeden Tag zu seinen Pflanzen, um ihr Wachstum zu verfolgen und die reifen Früchte zu pflücken. Eines Morgens waren zu seiner Freude fast alle Erdbeeren rot. Die folgende Zeit durfte kein Mensch in seiner Nähe diese Geschichte auch nur andeutungsweise erwähnen. Sein bester Freund, der Schreinermeister Adi Weidner, hatte zur Gaudi der Bevölkerung die Beeren mit roter Farbe bemalt.

Selbst dem Doktor Roßkopf, einer „Autoritätsperson" neben dem Bürgermeister, Pfarrer und den Lehrern, spielte man einen Streich. Einige junge Burschen hieften sein kleines Auto auf das Dach des Tanzsaales vom „Fass".

Zur Belustigung trugen auch oft die Wetten bei, welche die Männer, ob jung oder alt, in „angesoffenem" Zustand abschlossen. Einer aß für fünf Mark Einsatz eine dicke, fette Motte und leckte auch noch den Flügelstaub von den Fingern, was ihrer Mutter bei dem Erzählen dieses Ereignisses zum Würgen im Hals verhalf. Zu seinem „Uznamen" „Leberwurst" kam eine „Saufeule", nachdem sie einige Pfund Leberwurst in kurzer Zeit gegessen hatte.

Einem anderen, „dem Ickes", schnitten sie die Hälfte seines Bartes ab, als dieser bierbeseelt eingeschlafen war. *Na, da war was los!*

Einige Zecher, die partout nicht heim wollten und über einen Saufkumpanen lästerten, „Dich häächt wohl deu Fraa mit demm Wälljerholz, wenn de jetzt net haam gehst – Dich haut wohl Deine Frau mit dem Nudelholz, wenn Du jetzt nicht heim gehst", verließen fluchtartig die „Wärts-Stubb", nachdem dieser mit der Prophezeiung „Ihr seid schneller draußen als ich" Bier in den Ofen geschüttet hatte, was entsetzlich stank. *Ja, ja, nur Bleedsinn im Kopp.*

Sonntag

Sonntagmorgens am Stammtisch wurden die Ereignisse der vergangenen Woche „durchgekaut" – politische, wirtschaftliche, auch dörfliche. Sie hörte immer aufmerksam zu, auch wenn sie vieles nicht verstand von dem, was da geredet wurde. Tonfall, Gestik und Minenspiel der Anwesenden ließ sie so manches erahnen. Wenn die Männer anfingen, Witze zu erzählen, hatte ihr Vater ständig etwas für sie zu tun.

Se hätt sich Grün ärgern könne. Immer wenn's spannend und interessant worn is, musst se ebbes für en erledische. Mist. Wo die Sonntaache sowieso fast immer totlangweilich war'n. Da hat se die guude Klaader an und durft sich net dreckich mache. Außerdem hatt'ses Gefühl, dass se an dene Taach sowieso besonners zu seu hatt. „Setz dich anständig hin. Baumel nicht mit den Füßen. Fuchtel nicht mit der Gabel herum. Putz die Nase. Hast du dir überhaupt die Hände gewaschen? Während dem Essen trinkt man nichts." *P h u u, unn dann auch noch beim Geschärrabtrockne helfe'!* Sie konnte solche Sonntage nicht ausstehen. Den ganzen Tag über sollte sie sich wie ein nettes, wohlerzogenes Mädchen benehmen.

Was ihr sowieso dem Hals raus gehängt hat, immer des Gedu'.

Wenn nach dem Mittagessen nicht ein Familienspaziergang geplant war, ging sie mit ihrem Vater auf den Fußballplatz oder zur Sonntagsschule in die Methodistenkirche, die vorne am Ortseingang über dem Bunker stand.

Ihre Familie war evangelisch, aber *ihre* Kirche, die mit den Katholiken zusammen genutzt wurde und heute noch „Bergkirche" heißt, stand und steht im Nachbarort, in Niedergründau. Außerdem hätten sie keine zehn Pferde allein dort hin gebracht. *Sie hätt da an dem Friedhof vorbei gemusst, und des auch noch erlaa!*

Ihre Mutter hatte ihr erzählt, dass da oben auf dem Friedhof ein Grab wäre, aus dem der Arm eines Mädchen herauswinken würde. Es könnte nicht friedlich in der Erde ruhen, da es immer nach der Mutter geschlagen hätte. Oh, sie gruselt' sich ganz *färschterlich*. Sie kann sich nicht erinnern, wann sie aufhörte, nach ihrer Mutti zu schlagen, denn das sollte wohl der Sinn der Erzählung sein.

Bei dem sonntäglichen Kindergottesdienst der Methodisten gefiel ihr außer den bunten Bildchen, die verteilt wurden, und den Liedern, die sie sangen – *nichts*. Sie ärgerte sich ständig, wenn der Prediger „meine lieben Kinder" sagte. Genau so albern fand sie es, wenn in der anderen, *ihrer* Kirche der Pfarrer „meine lieben Brüder und Schwestern" von der Kanzel herunter rief. *Blödsinn, sie war weder des einen Kind noch des ander'n Schwester. Sie hatt eh schon en Haufe Onkel und Tante, mit dene se net verwandt war. Herrjemine!*

Im Radio gab es sonntags um elf Uhr eine Sendung, die sie gerne hörte. Im Frankfurter-Dialekt wurde „Der Landfunk" gesendet. Er begann immer mit „Gute Morje Heiner, gute Morje Phillip". Die Männer unterhielten sich über Themen, an denen auch sie stark interessiert war. *Die Landwärtschaft un des Wetter.*

Nachmittags beeilte sie sich, um im Radio die Kinderstunde zu hören. Die Geschichte von der „1414", einer Lokomotive, die mit einem Jungen die blaue Blume suchte, wurde von Zilli Bauer so phantastisch erzählt, dass die Kleine der Sendung, die x-mal wiederholt werden musste, immer wieder fasziniert zuhörte.

Eine andere Sendung vom Hessischen Rundfunk aus Frankfurt am Main liebte sie ebenfalls sehr. Obwohl sie eigentlich ein Morgenmuffel war, sang sie täglich lauthals mit: „Guten Morgen, guten Morgen, einen Morgen ohne Sorgen, ruhig Blut und stets frohen Mut!" Jeden Morgen außer Samstag und Sonntag begann mit *Neuigkeiten kreuz und quer* und diesem Lied „Der fröhliche Wecker", eine Unterhaltungssendung, die täglich aus einem anderen Ort übertragen wurde.

Wärklich schee.

Wenn Schlager, Volks- und Operettenlieder aus dem alten Volksempfänger ertönten, sang sie mit ihrer Mutter, die eine wunderschöne Stimme hatte, mit.

„Wer uns getraut ...", „Ganz ohne Weiber geht ..." „Wienerblut, Wienerblut, ..."

Sie tanzten zusammen, kramten die Fotoalben raus, um sich zu den jeweiligen Operetten die Bilder anzusehen, die ihre Mutter von Aufführungen im Hanauer Stadttheater gemacht hatte. Oder sie schleppte das große, schwere, Wilhelm-Busch-Buch herbei, das ihrem Bruder gehörte, betrachtete die Bilder oder *Mutti hat vorgelese.*

Des war'n dann scheene Sonndaache! Auch konnte sie sich nicht, wie meistens auf dem Sportplatz, schmutzig machen, und ihre Mutter musste sich nicht wegen ihr aufregen. Hin und wieder fuhren sie sonntags mit dem Auto übers Land, in den Spessart, die Rhön und den Vogelsberg. Sie liebte die *hüchelisch* Landschaft und die dichten Wälder sehr, war aber immer froh wenn das Auto anhielt, denn leider wurde ihr auf jeder Fahrt *kotzübel.*

So bin ich

Ihre Einschätzung über sich selbst sah folgendermaßen aus: Nett, unkompliziert (ohne Trara), fröhlich, trollig (witzig), zu Späßen aufgelegt und überwiegend singend. Sie bemühte sich, da ihre gute Laune auf andere abfärbte, stets fidel zu sein. Sie hatte lieber lustige als miesepetrige Gesichter um sich. Da sie ihren „Nächsten, wie sich selbst lieben sollte" – sie fand, dass sie das tat – erwartete sie, auch von ihnen geliebt zu werden.

Sie war sehr einfühlsam und spürte sofort aufkommendes Unbehagen oder Desinteresse. Dann hielt sie ihren Mund. Sie hielt überhaupt oft ihren Mund und machte sich nur ihre Gedanken. Sie merkte, dass die Menschen viel lieber von sich erzählten. Aus Menschenfreundlichkeit wurde sie eine exzellente Zuhörerin. Sie spürte ziemlich bald, dass sie den Leuten *auf den Wecker ging*, wenn sie Fragen stellte. Es war auch meistens mühsam, da sie *nicht schnell genug schaltete, eine lange Leitung hatte* und immer wieder mit neuen Fragen nachhakte. Merkte sie, dass die Leute ungeduldig wurden, „du hältst uns von der Arbeit ab", tat sie so, als hätte sie die für sie unverständlichen Erklärungen verstanden. Sie wollte, *oh se war doch wärklich e sehr dumm Kind,* niemand belästigen oder die gute Laune verderben. Oft stellte sie ihre Wünsche hinten an, um mit einem Wutausbruch, wenn ihr Geduldseimer übervoll war, zu explodieren. Meistens zur falschen Zeit!

„Ach des Kind kann aach launisch seu!" „Wetterwendisch", wie die Dörfler sagten. Nur wodurch der Wetterumschwung kam, interessierte niemand. „Sie hatt' halt schlecht geschlaafe'" oder „War mit dem linke' Baa zuerst uffgestanne!"

Sie durchschaute die Erwachsenen, die sich besondere Privilegien anmaßten, die es als entzückend, einfach rührend oder als Frechheit ansahen, wenn sie sich ernsthaft mit ihnen unterhalten wollte. Sie war ein Kind. Und Kinder hatten keine eigene Meinung. Sie plapperten nur Aufgeschnapptes nach. Aber das, was die Kleine beim aufmerksamen Zuhören aufschnappte, war eine Menge Wissen.

Da sie niemand außer ihrer Mutter hatte, mit dem sie sich unterhalten konnte, dachte sie sehr viel nach oder redete mit ihrem *Lieben Gott*, der ihre Fragen aber auch nicht beantwortete. *Sicher hatt er, wie ihr Mutti, viel zu tun!*

Sie lernte nie, systematisch an eine Sache heranzugehen und logische Schlussfolgerungen zu ziehen. *Die Gedanke' hörte' immer zu früh uff!*

Mit abstraktem Denken konnte sie überhaupt nichts anfangen.

Sie war ein Sinnesmensch. Ein Hören-, Sehen-, Schmecken-, Riechen-, Greifen-Typ. Ihre Sprache war nicht einfühlsam, gefällig, sie hielt es wie die Bauern, ohne Schnörkel, kurz, konkret, *ohne Trara*. Auf eine klare Frage musste eine klare Antwort folgen. Das ganze Drumherumgerede war Augenwischerei und ging ihr auf die Nerven. Für was so viele Worte machen, wenn es auch kurz und präzise ging? Für sie langte Schwarz und Weiß, Ja oder Nein. Über Worte, die einen anderen Sinn hatten als das, was, sie ihrer Meinung nach ausdrückten, also doppeldeutig waren, konnte sie sich grün ärgern. Das waren die *verloochene Erwachsene-Worte*. Mit ihrer geradeaus und trockenen Art eckte sie bei Leuten, die sie nicht kannten, ständig an. Sie wollte nicht bezaubernd und liebenswürdig sein.

Uffrichtich, anständich und ehrlich schonn. Auch hatte sie eine Art, ihr Gegenüber unsicher zu machen, indem sie ihm direkt und sehr, sehr lang in die Augen sah.

Da stand sie nun, klein, drall, mit kurzen, stämmigen Beinen, die fest mit der Erde verwurzelt schienen, ihre jetzt braunen Haare zu Zöpfen geflochten vor einem Ehepaar, das sie begrüßen sollte. Sie konnte es nicht ausstehen und sah es auch partout nicht ein, weshalb sie vor Erwachsenen, wie es damals üblich war, knicksen sollte. *Wieso sollt sie die Auge niederschlage, als wäre se en arme Sünder un sich noch kleiner mache, als sie eh schonn war, sich erniedriche vor jemand, den se noch net e mal kennt. War's net viel ehrlicher, sich in die Auge zu gugge, sich so zu begrüße, wie mer empfand, als Demut zu zeiche, die net vorhande war. Schonn die erst Begegnung mit ner Lüg' zu beginne!?* („Was e geschwolle Ausdrucksweis", sagte ihre Mutter, „de könnsd Pfarrer wärn.") *Nein.* Steif wie ein Stock, Hände auf dem Rücken und mit trotzig erhobenem Kopf fixierte sie die Leute. Ihre Prüfung fiel für den Mann gut aus.

Sie gab ihm freundlich lächelnd die Hand. Ohne zu knicksen. Den missbilligenden Blick der Frau ignorierte sie keineswegs, sie schaltete sofort auf stur und grüßte nur von weitem mit einem kurzen Kopfnicken. *Ja, wer bin ich dann, des muss ich mer doch net aa due!*

Göttliches

Sie war felsenfest davon überzeugt, dass das, was sie gefühlsmäßig tat, richtig war.

Sie lag oft im Kampf mit sich selbst, da es nicht nur das Gefühl, sondern auch den Verstand gab. Zwei völlig verschiedene Dinge, mit denen sie ihre Last hatte, sie unter einen Hut zu bringen. Für sie eine geradezu unlösbare Aufgabe. *Göttliche Gebote und menschliche Gedanke sollte sich vereinige.*

Sie glaubte, dass ihr Gefühl das Gute im Herzen war und der „Liebe Gott" es ihr mitgegeben hätte. Dazu gehörten auch die Zehn Gebote und „Liebe deinen Nächsten". In ihrem Kopf saß der Verstand, die menschliche Seite, das Böse. Hier wurde alles Neue, was sie hörte, sah und erzählt bekam, gesammelt. Für sie war ihr Kopf ein

Misthaufen, und sie musste die Sachen, die sie gebrauchen konnte, in ihm suchen.

Mit der göttlichen Seite hatte sie, wie schon erwähnt, ab und zu Schwierigkeiten, wenn sie im Zweifel war, ob sie die bei der Geburt mitgegebenen Gefühle auch richtig auslegte, um entsprechend handeln zu können. *Denke un handel'e sollt se mit ihre beide Seite, net getrennt. Warum nur? Gott stand doch üwwer de Mensche, also hatt seu Seit recht.* Merkwürdigerweise bestätigte sich ihr Gefühl, wenn es sich gegen des „Angelernte" durchgesetzt hatte. Sie probierte es immer wieder aus. Ihre Mutter schüttelte des öfteren den Kopf und meinte, sie sollte nicht so voreingenommen sein, wenn sie über diesen oder jenen neuen Besucher ihr Urteil abgab. *Mutti, ich spür des ganz genau, der lügt. Mutti, sie gibt an. Mutti, sie sind neidisch, ...!* Wie oft hörte sie ihre Mutter zu ihrem Vater sagen: „Des Kind hat recht!" Sie war dann sehr befriedigt.

Wenn sich solche oder ähnliche Erfolge häuften, fing sie an übermütig zu werden. Sie kontrollierte ihre Gefühle nicht mehr, wägte sie nicht mehr ab und schon war es passiert. Sie hasste es, jemand Unrecht zu tun, einen Fehler aus Oberflächlichkeit oder Übermut gemacht zu haben. Aber sie stand auch dafür gerade. Sie entschuldigte sich, ehrlich und aufrichtig. Sie wollte nie herzlos, gemein, unanständig, eben nicht böse sein.

Die schlimmsten Fehler machte sie, wenn sie nur mit dem Verstand arbeitete.

Diese Höhenflüge wurden meist mit einer Tracht Prügel beigelegt, die sie klaglos akzeptierte. Meist merkte sie selbst, dass es besser war, „mit den Füßen auf der Erde zu bleiben" (Spruch ihrer Mutter) und nicht abzuheben, da das Runterkommen sehr schmerzhaft war.

Wenn zum Beispiel eine Überraschung ausblieb, irgendetwas, auf das sie sich gefreut hatte, fehl schlug oder sie sich weh tat, sah sie das als einen Wink von „Oben" an, setzte ihr Gefühl und notgedrungen auch den Verstand ein. Sie sortierte sich!

Oh, Kind

Die Menschen in ihrer Umgebung wussten, dass sie nicht nur ein liebes Kind war. Um ihre göttlichen Gedanken durchzusetzen, ihre Gefühle an den Mann zu bringen, konnte sie geradezu lästig sein. Ständig war sie am Ergründen. Wenn sie fühlte, dass jemand unglücklich war, ihm ihrer Meinung nach Unrecht geschah oder er Hilfe brauchte, setzte sie sich *hilfswütig* ein. Sie zeigte für jeden und jedes Verständnis, was ihr oft als Dummheit ausgelegt wurde. Bei Dingen, die ihr wichtig erschienen, hatte sie eine Engelsgeduld und niemand konnte sie aus der Ruhe bringen. Sie schimpfte und tobte auch einmal, wenn etwas nicht so schnell funktionierte, wie sie es sich vorgestellt hatte, aber sie blieb beharrlich. Stellte sich der Erfolg ein, wurde sie nicht mehr gebraucht, wandte sie sich befriedigt darüber, dass sie erreicht hatte, was sie wollte, einer anderen Sache zu.

Ob es den Leuten recht war, dass sie sich einmischte, auf die Idee, sie zu fragen, wäre sie nie gekommen. *Liebe deinen Nächsten wie dich selbst!* Sie überforderte die Menschen, ohne es zu merken! Es gab Momente, da brachte sie ihre Umgebung noch höher als auf die Palme. Bei ihrer Halsstarrigkeit wäre eher der Papst zu ihnen in's Dorf gekommen, als dass sie bei etwas, was sie sich in den Kopf gesetzt hatte, nachgeben würde. „*Ha!*" Mütterliche Appelle an ihren gesunden Menschenverstand zeigten keine Wirkung. Liebevolle Hinweise in Richtung Gefühl konnten einen einmal gefassten Entschluss eventuell aufheben, aber selbst das hing von ihrer Stimmung ab. *Na ja, ich will mal net so seu.* „Die is störrisch wie en Esel. Stur wie en

Ochs un kann doch sanftmüdich wie e Lamm seu. E schee Menascherie!" Sagte ihre Mutter.

Ihr Kind war kein spontaner Mensch. *Üwwerraschunge' konnte nach hinne los gehe,* da sie Zeit brauchte, um sich auf eine neue Situation einzustellen.

Allem Neuen und Unbekannten stand sie erst einmal abwartend, aber nicht ablehnend gegenüber. Sie besah sich das Ganze erst oder hörte zu. Auch bei ihr gab es Liebe und Abneigung auf den ersten Blick, und *Gott sei Dank* lernte sie in späteren Jahren, ihre Abneigung in höflicher Form zu zeigen.

Aber meistens verkrümelte sie sich, da ihr Gesicht stets Bände sprach. Mit ihrer unbekümmerten Ehrlichkeit und Wahrheitsliebe brachte sie ihre Umgebung oft in arge Verlegenheit und trat in so manches Fettnäpfchen. Erst durch den säuerlichen Gesichtsausdruck der betroffenen Person bemerkte sie, dass etwas nicht stimmte.

Tante, du bist so dick wie die Sau von newe an. Onkel, guck mich bitte mit beide Aache an, sonst muss ich dich zwaa Mal grüße (er schielte). *Deun Hut sieht awwer verrickt aus, den de da uff hast.* Na ja, eben Kindermund.

Ihre Natürlichkeit musste durch Umerziehung noch viele Federn lassen. Auch lernte sie, dass Wahrheit verletzend sein konnte, wenn der Gegenüber sie nicht wissen wollte. Aber das dauerte noch eine Weile, da sie meinte, *dass es der Lüge und Heuchelei gleich kam, über eine Sache hinwegzusehen.* „Amen", sagte ihre Mutter, „was du für e gedrechselt Sprach' babbelst, wo hasten die her?"

Noch kannte sie nicht alle Spielregeln der Erwachsenen, aber sie war eine gute Beobachterin und lernte, was diese betraf, schnell. Die Unnatürlichkeit, Angabe, Hochstapelei, Neid, Schadenfreude, die sich zwischen die gesprochenen Worte mogelte, die unaufrichtigen Augen, der Mund, der etwas sagte, was nicht gedacht wurde, Gesten und Mimik, die mehr signalisierten als alle Wörter der Welt.

Sie konnte die Erwachsenen oft nicht ausstehen, die so verlogen und unaufrichtig waren, aber den Kindern gute Manieren beibringen wollten. Manchmal war sie so wütend, dass sie ihre Fragen *auf's Hungertuch legte*, abwartete, bis sie gefragt wurde. Sie wollte sehen, dass sich auch mal jemand für sie interessierte, sie gefragt wurde, was sie wollte oder fühlte.

Außerdem hätte ihr Gegenüber sie sowieso für frech und vorlaut gehalten, wenn sie ein Gespräch angefangen hätte, denn a*ls Kind hat mer den Mund zu halte. Mer därf nur rede, wenn mer gefracht wird. Als Kind konnt' mer selbstverständlich net ohne die Hilf' von Erwachsene denke'"*, brummelte sie in ihren Bart. *Die glaabte ja sowieso, sie hätte die Weisheit mit Löffel gefresse! Was wusste die schonn, was Kinner wusste, die Dummbeutel.* Der kleine Kampfhahn verzog sich, wenn es ihm *zu blöd* wurde, in den Kleiderschrank und hielt Selbstgespräche:

Die solle se nur net für dumm halte. So dumm, wie die se gern' hätte, isse net. Sie weiß viel. Noch net alles. Woher auch? Sie bekommt uff ihr Fraache oft kaa Antwort oder nur e Schulterzucke. So gescheit, wie die immer du'e, sind die auch net. Die Bauern sind eh maulfaul, die interessiert nur ihr täglich Awweit. Ach und bei dene Annere, die so gebild' du'e, is es net viel besser. Dann nennen die sich aach noch all Christe'!" Liebe deinen Nächsten! *"Warum finge die net e mal bei ihr mit der Nächstenlieb' an. Ja, wenn se mächt, wassene angenehm is, dann ... Die Erwachsene glaabe, sie wär'n allwissend, da kann mer sich doch nur fraache, woher die alles wisse, wenn die als Kinner auch kaa Antwort bekomme hawwe. Wie funktioniert' des eigentlich? Kimmt die Klugheit, die se net hawwe sollt', ..."* Du bist net gescheit!... *üwwer Nacht? Etwa an Pfingste'?* Da hieß es doch: *"'Die Ausschüttung des heiligen GEISTES kam über sie", oder so ähnlich. Wer weiß, was da ausgeschütt' wor'n is! Heilich war von dene keiner, un Geist, wenn damit des Denke' gemeint war, na, da hapert's auch. Wenn se groß is, kommt se schonn noch dehinder. Die Fragerei ist dene nur unbequem, weil se die Antwort selbst net wisse. Nur deshalb saache die, se wär frech, nur um ihr Ruh' zu hawwe. Sie is net frech!"*

Ja, ja, sie hatte ihren eigenen Kopf, den sie sich noch oft anrennen würde. Einige Beulen hatte sie ja schon! Am Anfang ihrer *Lebens-Lehrzeit* teilte sie nicht gerne ihre Spielsachen mit anderen. Das hatte nichts mit dem Wenigen, das sie hatte, zu tun.

An einem Tag war ein Kind aus der Nachbarschaft da. Sobald das Mädchen nach irgendeinem Spielzeug griff, zeterte sie los, d*es is mir*! Nach einigen Bemühungen, auch mit etwas zu spielen, wurde es der späteren Freundin zu dumm und sie stand für unsere Kleine völlig überraschend auf und ging nach Hause. Ihr „Bleib doch da!" nutzte nichts. Sie war fort! Total perplex, dass so etwas ihr passierte, dass selbst ihr Bitten und Schmeicheln, was fast immer half, hier nicht wirkte, verblüffte und imponierte ihr so, dass sie sich das für die Zukunft merkte. Der Grundstein für ihre Großzügigkeit war gelegt.

Plagen

Etwa ein halbes Jahr lang gab es bei der Familie eine schreckliche „Juckaktion". Hauptsächlich war davon ihre Mutter betroffen. Da es nicht an den Schnaken liegen konnte, die durch Fliegengitter ausgesperrt waren, musste die Ursache eine andere sein. Die kleinen roten Einstiche häuften sich. Eines Morgens alarmierte sie der Schrei ihrer Mutter:

„Wir hawwe Flöh, ewe is einer weggehüpft!" „Wir sind doch net dreckisch!" „So e Schande, was solle nur die Leut' denke?"
Ein von ihrer Mutter häufig angewandter Spruch. Nur, woher sollte die Leut wisse, dass Flöh in de Wohnung war'n!?

Es gab eine große Säuberungsaktion. Die Wohnung wurde auf den Kopf gestellt. Die Holzdielen mit Scheuersand geschruppt und anschließend noch mit „Lysol" aufgewaschen. Überall wurde Insektenvertilgungsmittel in die Ecken gestreut. Nichts half. Manchmal hatten sie ein, zwei Tage Ruhe, dann ging es wieder von vorne los. Ihre Mutter wurde eine ausgezeichnete Flohfängerin. Wurde ein Floh gesichtet, hielt man ihn mit einer Fingerkuppe fest und „knackte" ihn dann zwischen zwei Fingernägeln. Auch die Kleine hatte einige Übung im Flöhe-Fangen. Es war gut, dass sie die Vergrößerung eines Flohs in Milchtopfgröße erst einige Jahre später bei einem Klassenausflug ins Senkenbergmuseum sah. Noch heute denkt sie mit Schaudern daran.

Doch zurück.

Neben dem Wohnhaus Richtung Bäckerei stand ein Backhaus. Dort übernachteten oft Landstreicher, ehemalige Soldaten oder Flüchtlinge, die noch weiter wollten, in einem als Wachstübchen bezeichneten kleinen Raum. Als das Backhaus abgerissen wurde, um einem Anbau für die Gaststätte Platz zu machen, durfte sie vom Zimmer des Knechts aus zusehen. Da es an diesem Tag sehr heiß war, hatte sie nur ein Spielhöschen an. Ihre Mutter, die nach ihr sah – sie hätte ja eventuell etwas anstellen können – traf wieder Mal der Schlag, als sie ihre Tochter anschaute. „So was hab' ich in meim ganze Läwe noch net gesehe." Die Kleine war übersät mit Flöhen, die vom Bett des Knechts auf sie sprangen. Ihre Mutter rannte zur Wirtin und schleppte sie mit. „Des müsse sie sehe, des glaabt aam ja keiner!" Die Wirtsfrau hob die Bettdecke des Knechts hoch. Was sie dort sah, beschleunigte das Kommen des Kammerjägers. In der mit Stroh gefüllten Unterlage wimmelte es nur so von Flöhen. Die Wirtsfrau war entsetzt und taufte den Knecht mit allen möglichen, nicht gerade zimperlichen Schimpfworten. Das Bettzeug wurde auf den Misthaufen *geschmissen*, und der Knecht musste im Heu der Scheune schlafen, da das Zimmer abgedichtet und ausgeräuchert wurde.

Jetzt war ihnen klar, weshalb sie dieses Ungeziefer immer wieder hatten. Da in ihrer Wohnung der Platz für einen weiteren Kleiderschrank nicht ausreichte, durften sie ihn in das Zimmer des Knechts stellen. Jedes Mal, wenn ihre Mutter etwas aus dem Schrank holte, brachte sie auch die Flöhe mit. Dieses Übel gab's nun durch *dem Stuwwejäscher seu Awweit* nicht mehr.

Von einem anderen Übel hatten sie sich selbst befreit. Nach einem Sonntagsspaziergang freute sich die ganze Familie auf's Kaffeetrinken. Ihre Mutter hatte schon vorher, um Zeit zu sparen, den Kaffeetisch mit dem selbstgebackenen Kuchen gedeckt, den es nicht oft gab. Erwartungsvoll saßen ihr Papa, ihr Bruder und sie am Tisch und warteten auf ihr Stück *Riwwelkouche*. Als ihre Mutter ihn anschneiden wollte, *hat die sich uff ihr'n Stuhl falle lasse un aagefange zu heule*. Der Kuchen war mit Ameisen gespickt, man sah nur deren Hinterteile. In der Zuckerdose sah es ebenso aus. Wie erschlagen saßen alle um den Tisch herum und starrten notgedrungen dem Treiben der Ameisen zu. Einige Tage hielt der Beutezug der Räuber noch an. Überall waren sie, selbst im Mehl. Als die Ameisenstraße, die durch ein Ritz am Fenster führte, erst einmal bekannt war, wurden sie diese Plage auch los.

Spinnen, die hin und wieder in der Wohnung waren *und sich den Popo wärmten*, veranlassten die Kleine, die Spinne immer im Blick, fluchtartig das Zimmer zu verlassen. *Na, ja, ganz so schlimm war'n die net. Die kamen ja net in Masse un mer konnt se middem lange Besen dot mache.* Es befanden sich schon viele Quetschstellen an den Wänden. Sie rief, da sie sich vor ihnen ekelte und ihr Bruder, *dieser elende Säckel*, mit der Spinne am Besen wieder einmal hinter ihr herrannte, nach ihrer Mutter. *Muttiii, Muttiii, Muttiii!* Oder sonst einem Erwachsenen, der sich in der Nähe befand. Manchmal waren diese *Viehcher*, wie sie sie nannte, spurlos verschwunden. Bevor sie abends in's Bett ging, schaute sie vorsichtshalber unter ihre Bettdecke. *Sicher is sicher.*

Die süßen kleinen Mäuschen, vor denen sich so viele Frauen fürchteten, taten ihr immer leid, wenn sie in die Fallen gingen. Auch im ehemaligen Tanzsaal standen einige von *dene Mordinstrumente*. Unglücklicherweise war auch eine Mausefalle mit etwas Speck als Köder im Schlafzimmer aufgestellt. Das Geräusch der zuschnappenden Falle und das hölzernes Geklapper, wenn die Maus nicht sofort getötet wurde, schreckte sie mehr als einmal aus dem Schlaf. Aber man konnte die Falle mit einem Stöckchen unwirksam machen, indem man die Sperrvorrichtung auslöste. *„Ätsch!"* Ihre Mutter fand das nicht sehr lustig.

Besuchs-Fahrten

Das Fahrrad ihrer Mutter war noch während des Kriegs bei einem Bunkeraufenthalt gestohlen worden. Obwohl sie über den Verlust sehr traurig war, sagte sie: „Ich hoff' nur, dass des em arme Teufel weitergeholfe hat."

Die Kleine kann sich nicht erinnern, ob ihrer Mutter in den späteren Jahren ein Fahrad geliehen wurde oder ob sie sich ein neues kaufte. Jedenfalls fuhren sie oft zum Bahnhof nach Niedermittlau. Auf den Gepäckträger wurde ein Kissen gelegt, und „de Borzel" setzte sich darauf. Ihr Füße musste sie weit von den Hinterrädern weg strecken, damit sie nicht in die Speichen gerieten. Mehrere Kilometer die Beine nicht baumeln zu lassen, wurde für sie mit der Zeit ziemlich mühsam.

Irgendwann gab es für die Damenfahrräder „Rad-Netze", die etwas Schutz boten, und später konnte man Kinder-Fußstützen an die Fahrräder montieren.

Am Bahnhof in Niedermittlau stellten sie ihr Fahrrad, neben vielen anderen bei der „Lisbeth" unter. Ob die „Lisbeth" auch Fahrkarten verkaufte oder ob es einen separaten Schalter gab, weiß das Kind nicht mehr. Am Bahngleis oder den Bahschranken musste sie sich immer umdrehen, wenn ein Zug ein- oder vorbeifuhr, *wäsche dem Funkeflug, dass nix in ihr Aache komme konnt*. Sie erschrak jedes Mal über „das Getöse", das der Zug machte, und wenn aus welchen Gründen auch immer noch ein Pfiff ertönte, machte sie einen gewaltigen Satz zur Seite oder sie versteckte sich hinter ihrer Mutter.

Die Sitzbänke und Rückenlehnen in den Waggons dritter Klasse bestanden aus schmalen Holzlatten, die an ein Eisengestänge geschraubt waren und auf denen man bei einer längeren Fahrt Schwielen an den Hintern bekommen konnte, wie ihre Mutter meinte. Rechts und links an den Fenstern standen je sechs Sitzbänke, in der Mitte war der Gang, auf dem der Zugschaffner entlang lief oder sie auf das Klo gehen konnte, was für sie spannend war. Man sah durch das Loch der Toilettenschüssel die Gleise vorbeihuschen. Weshalb man nur während der Fahrt auf den „Abee" durfte, wusste sie nicht. Die Bahnfahrt machte ihr nicht so viel aus, wie mit dem Auto zu fahren, solange sie in Fahrtrichtung saß.

Sie meint, dass sie in Hanau-Ost umgestiegen sind und sich in einen Zug nach Friedberg gesetzt haben, um nach wenigen Minuten am Hanauer Nordbahnhof auszusteigen. Von da war es nicht mehr weit zu *Muttis Verwandschaft*, die im Sandhof in der Großen Hainstraße einquartiert worden war, nachdem ihre Wohnung mit dem ganzen Haus in der Hospitalstraße 1 den Bomben zum Opfer gefallen war.

Ihr Opa mütterlicherseits, der, der jetzt mit einer anderen Frau verheiratet war und den sie nicht kennenlernen durfte, hatte als junger Mann zusammen mit seinem Schwiegervater einen Getränkehandel gehabt. Der alte

Volpert, der im Sandhof wohnte und früher Pferdeknecht und Kutscher war, durfte Fuhrwerk und Pferde des Getränkehandels dort unterstellen.

Der Sandhof hatte einen rechteckigen Innenhof und war umgeben von Wohnhäusern, Geräteschuppen und Pferdeställen. Hinter ihm führte ein Weg zu einer Mühle und zur Kinzig. Die Tante Gretel und der Onkel Hans waren verheiratet und hatten eine Tochter, die Lotti, die auch schon verheiratet war.

Tante und Onkel wohnten im zweiten Stock, zusammen mit der unverheirateten Schwester von Onkel Hans, der Tante Henni. Die Wohnung bestand aus zwei Zimmern und einer Küche. Das Klo war im Zwischenstock. Die Fenster unter dem Dach waren so klein und niedrig, dass sie, auf dem Fußboden sitzend, in den Hof sehen konnte. Wenn sie Onkel und Tante besuchten, sah man Gretel, wie sie gebückt aus dem Fenster sah, was sie scheinbar den ganzen Tag lang tat, während Henni putzte und kochte.

Nach einem Abstecher in die Marienstraße, in der ihre Mutter ihr das Haus vom „Bernges" zeigte, in dem sie gewohnt hatten und das ausgebrannt war, gingen sie noch in die „Groß' Dechaneigass'" zur Ruine des ehemaligen Friseurgeschäftes und des Stadttheaters. Anschließend liefen sie durch den Schlossgarten zurück zur Verwandtschaft oder direkt zum Bahnhof.

Diese Besuchstage mit der Bahnfahrt und allen anderen Eindrücken waren für die Kleine ziemlich anstrengend. Wenn sie bei der „Lisbeth" wieder ihr Fahrrad geholt hatten und nach Hause fuhren, hing sie ziemlich schief auf dem Gepäckträger.

Sie war fix un fertich un sooo müd!

Familientheater

An manchen Tagen fühlte sie sich sonderbar. Sie setzte sich vor den Toilettentisch und sah in den Spiegel. *Des bin ich!* Ein rundes Gesicht mit dicken Backen. Schlitzaugen, eine klein wenig zu große, runde Nase, ein schöner Mund, dessen Unterlippe stärker ausgeprägt war, und ein energisches Kinn blickten sie an.

Woher weiß se, dass se des is, dass se so aussieht? Vielleicht lücht der Spiegel und zeicht nur die Kleider, die se anhat. Un warum sah se so aus? Sie musst's ja seu. Der Spiegel muss die Wahrheit sage. Ihr Mutti sieht da drin genau so aus, wie sie se sieht! Weshalb kame ihr üwwerhaupt so merkwürdiche Gedanke? Sie nahm die beiden Seitenspiegel und stellte sie so ein, dass sie sich hundertfach sah. *War se überhaupt das Kind von ihre Eltern? Vielleicht war se Mutterseeleallein uff de Welt un gehört zu niemand.*

Ihr Gesicht fing an zu verschwimmen. Sie hatte wieder einen ihrer Jammertage. Ihre Mutter, die das schon kannte und wusste, dass Trösten und Schmusen an solchen Tagen völlig sinnlos waren, ließ sie in Ruhe. Die Kleine verzog sich mit *ihrem Buddelchen*, einer Baby-Milchflasche nebst Schnuller, in den Kleiderschrank. Sie entzog sich der ganzen Welt. Anfangs ging sie der Familie mit dieser Tour auf die Nerven, da kein Mensch wusste, woher der Seelenschmerz der Tochter des Hauses kam.

Wenn sie schlecht geträumt hatte, hing sie ihrer Mutter den lieben langen Tag am Rockzipfel oder lief ihr nach wie ein junger Hund. „Also heut' is es widder schlimm", sagte ihre Mutter. Das fürchterliche Gefühl des Alleinseins, von niemand verstanden und geliebt zu werden, überkam sie auch dann, wenn die Umstände gegen sie sprachen, sie aber wusste, dass sie im Recht war. *Warum dut ihr mir ne glaube, wie könnt ihr an meiner Ehrlichkeit zweifele?* Ihre Ohnmacht, das ihr entzogene Vertrauen nicht zurückzugewinnen, verletzte sie sehr und sie wurde still! Zu still! Ihre Mutter beobachtete sie einige Tage und nahm dann ihre Tochter auf den Schoß. „Kind, es ist oft sehr schwer, die Wahrheit herauszufinden, auch die Erwachsenen können Fehler machen, sich irren. Aber ich glaube dir!" *Dass die Erwachsene net alles wusste, war ihr ja net neu, awwer die, die se am meiste braucht und liebt, sollte net an ihr zweifele.* Unter erlösendem Weinen und Schluchzen umarmte sie ihre Mutter. Alles war wieder in Ordnung.

Sehr unglücklich fühlte sie sich, wenn ein Streit ihrer Eltern in der Luft lag. Sie spürte die Spannung und fand es unerträglich, nicht zu wissen, weshalb sie sich böse waren. Sie bemühte sich, so lieb wie nur möglich zu sein. Sie glaubte, dass ihr *Liebsein* auf die Eltern abfärben müsste. Sie sollten sehen, dass es viel schöner war, nett miteinander zu sein. Eine offene Auseinandersetzung war ihr viel lieber, obwohl sie Streit zwischen Erwachsenen prinzipiell nicht ausstehen konnte. Es ängstigte sie, und die Auseinandersetzungen waren so laut, dass sie sich am liebsten Watte in die Ohren gesteckt hätte. Anfangs solidarisierte sie sich mit ihrer Mutter, die ihr als der schwächere Teil erschien, da sie weinte, ihr Vater aber nicht! Später differenzierte sie.

Überhaupt hatte sie mit den *hauseigenen Männern* ihre Probleme. Ihr Vater wurde von ihr nur geduldet, sie mochte ihn die ersten Jahre nicht sonderlich. Wahrscheinlich empfand sie ihn als Rivalen um die Gunst ihrer Mutter.

Sie sah ihn sowieso nur selten, da er als Vertreter einer Genossenschaft unterwegs war. Das Friseurgeschäft allein konnte die Familie nicht ernähren. Meistens schlief sie schon, wenn er nach Hause kam. *Net zuletzt deshalb, wo des Motorrad un nachher auch ständich de Firmewaache kaputt war'n,* was bei ihrer *schwarz sehende,* pessimistischen Mutter wahre Verzweiflung auslöste. Wenn er sich auch nur eine halbe Stunde verspätete, glaubte sie, ihm müsste etwas passiert sein und schaute völlig aufgelöst aus dem Fenster.

Ihr Vater war oft ohne ihre Mutter in der Wirtschaft. Die Gaststätte Zum Bogen lag sozusagen unter seinen Füßen, um in die andere, „Beim Fass", zu kommen, hatte er etwa fünfzig Meter zu gehen. Er klopfte Skat, kegelte und trank sein Bier. Meist kam er „angedudelt" heim. In diesem Zustand war er ausgesprochen lustig, und man kam aus dem Lachen nicht mehr heraus. Waren zu viele Schnäpse zu dem Bier gekommen, war er *stinkbesoffe*. Auch dann blieb er friedlich, schimpfte allerdings lautstark auf Politik und Politiker, stimmte ein Lied an, das er mit seinem überall bekannten „Ach wie gemütlich!" unterbrach, und schwankte heim. Dieses Heimkommen geschah nicht lautlos, und die Kinder erwachten oft. Seine Tochter mochte ihn in diesem Zustand überhaupt nicht. Sein Lallen, die Mimik und die merkwürdigen Verrenkungen, die er mit seinem Körper machte, stießen sie ab. Und wenn er ihr *auch noch en dicke Schmatz mit dem färschterlich stinkende Atem gewwe hat*, ekelte sie sich und flüchtete in ihr Bett. Während ihre Mutter sich bemühte, ihren Trunkenbold in Seins zu bekommen. Bis heute kann die mittlerweile Große keine Besoffenen ausstehen. Angedudelte sind ihr erträglicher.

Zwei Episoden sollten noch erzählt werden, *die nadürlich widder für e Laaffeuer sorchte*.

Die erste spielte sich folgendermaßen ab und *niemand hätt so ebbes ihrer Mutti zugetraut*. Ihr Vater und seine Freunde hatten beim „Fass" einen drauf gemacht. Ihren Heimweg konnte man durch ihr Lachen und ihr „dummes Geschwätz" bis zum „Roth" verfolgen. Wahrscheinlich brachte Adi Weidner, der schon in die Bahnhofstraße hätte abbiegen müssen, um heim zu kommen, mit dem „Koche Karl" und dem „Bäcker Lepplee" ihren gemeinsamen Freund „Alfons" bis vors Haus. Unter dem Schlafzimmerfenster seiner Familie blieben sie stehen. Als die

Verabschiedung kein Ende nehmen wollte, der Vater nach „seum Soffelche" und die anderen Saufeulen nach der Sofie riefen, ist ihrer Mutter *de Kamm gestische*. Sie schüttete den Inhalt vom *Pissdippe* (Nachtgeschirr) ihrer Tochter aus dem Fenster über die nach allen Seiten wegspringenden Männer.

Die zweite Episode gab ihre Mutter bei sehr guten Freunden zum Besten. Ihr Vater, sternhagelvoll vom *Äbbelwoi*, musste mitten in der Nacht auf die Toilette. Orientierungslos machte er sein Geschäft auf die Glasplatte des einen Nachttischschränkchens. Ihre Mutter war außer sich, als sie merkte, was vor sich ging. Sie holte schimpfend den Toiletteneimer aus dem Saal. Ihr Mann, schuldbewusst und um Wiedergutmachung bemüht, hielt ihn an die Kante des Schränkchens, winkelte seinen Arm an und schob das Ganze in den Eimer. Ordentlich, wie er war, reinigte er mit seiner Daumenkuppe, die er schräg hielt, auch noch die zwei Zentimeter zwischen Glasplatte und Kante des Nachtschränkchens. Unter großem Gelächter der Zuhörer musste ihre Mutter den Vorgang mit dazugehörenden Gesten x-mal wiederholen. *Ei jei jei jei jei!*

Dass ihr Vater seine Kinder liebte, zeigte er nur selten offen. Meistens spielten sich Lob und Tadel über ihre Mutter ab. Diese sagte, worüber er sich freute, traurig war oder was er besser gemacht haben wollte. Er ging Diskussionen mit den Kindern aus dem Weg und überließ die Erziehung weitgehend seiner Frau. „Du weißt das besser." Die Kleine wusste, dass er ein gutmütiger, herzlicher und offener Mensch war und auch, wie sie ihn am besten um den Finger wickeln konnte, was ihr bei ihrer Mutter nicht gelang. Er verging geradezu vor Rührung, wenn sie einmal mit ihm schmuste, was nicht sehr oft vorkam. Sie sagte: *Irgendwie gehört' er zur Familie und auch widder net.*

Mit ihrem Bruder stand sie ständig auf Kriegsfuß. Wenn er mit seinen Freunden spielte und sie dazukam, tat er so, als würde er sie überhaupt nicht kennen, worüber sie sich wahnsinnig aufregte. Er wiederum bekam Zustände, wenn sie etwas mit ihm unternehmen wollte. Sich mit einem Mädchen abgeben zu müssen, das auch noch sechs Jahre jünger war, war nicht nach seinem Geschmack. „Die blöde Kuh" konnte fürchterlich nagend und lästig werden, wenn er dieses oder jenes, was sie sich in den Kopf gesetzt hatte, nicht mitmachte. Er sagte ihr ständig, dass sie blöd, dumm und affig wäre. Mit einer Geste brachte er sie zur Weißglut. Wenn er mit seinem Zeigefinger an ihre Stirn tippte, um ihr ihre Dummheit zu demonstrieren, kochte sie *vor Zorn üwwer*.

Dass ihr Bruder sie für eine Idiotin hielt, obwohl ihr doch sonst von fast allen Zuneigung entgegengebracht wurde, bekümmerte sie sehr. Er stichelte und machte sich solange über sie lustig, bis sie zu weinen anfing und mit Wutgeschrei auf ihn losging. Nachher tat es ihm wieder leid, wenn er merkte, dass er zu weit gegangen war, und bat bei ihr „um gut' Wetter". *Nur des hat ihr dann auch nix mehr genutzt, weil se sich ja schonn uffgerecht hat!*

So ganz ohne war das Fräulein aber auch nicht.

Sie revanchierte sich bei der nächstbesten Gelegenheit und brüllte wegen einer Lappalie los, als würde sie am Spieß stecken, nur um ihrer Mutter zu zeigen, wie schlecht er sie behandelte.

Dass er verantwortungsvoll ihr gegenüber handeln konnte, obwohl er sich sonst so rüpelhaft benahm, zeigte sich in einer Nacht, in der ihre Eltern beim „Arnt" im Saal der Wirtschaft Fass feierten. Nur bruchstückhaft kann sie sich erinnern. Sie war erwacht, weil ihr Bett nass war und hatte nach ihrem Bruder gerufen. Nachdem dieser das Nachttischlämpchen angemacht hatte, sah er, dass Blut aus ihrer Nase lief und das Bett über und über damit beschmiert war. Er zog sich an und rannte zum „Fass". Ein Mann, den ihr Bruder in den Saal geschickt hatte, verständigte die Eltern. Dem Kind war eine Ader in der Nase geplatzt, und sie hatte schon sehr viel Blut verloren. Ihre Mutter erzählte ihr, dass das Blut in ihrem Kopfkissen gestanden hätte. Herr Roßkopf, der Dorfdoktor, wurde geholt. Er stopfte ihr mit einer Tinktur getränkte Watte in die Nase und kam die nächsten Tage zur Kontrolle. Ihr Bruder Klaus wurde in den höchsten Tönen gelobt, da er ihr das Leben gerettet hätte. An mehr kann sie sich nicht erinnern.

Ihr Bruder hatte eine Dampfmaschine, die mit Karbit und Wasser betrieben wurde. Sie fand dieses Ding erstaunlich und wollte wissen, was man damit machen konnte. Er versuchte, es ihr zu erklären. Aber wie so oft, wenn sie es nicht sofort kapierte, ging das Theater der Beschimpfungen wieder von vorne los: „Daab Nuss, Dummbeutel, Trandibbe ..." bezeugten, was er von ihr und dem Inhalt ihres Kopfes hielt. Nur auf Fotos ist er freundlich, besorgt und liebevoll zu ihr. *Seltsam!* Einigkeit herrschte immer, wenn sie gemeinsam einen Streich gegen die Eltern ausheckten oder sich auf dem Ofen in der großen Eisenpfanne Röstkartoffel mit Zwiebeln zubereiteten.

Abgesehen von dieser Zusammenarbeit war das Essen auch immer ein Streitpunkt.

Der Sohn der Familie war fürchterlich pingelig und „sortierte" ständig an den Mahlzeiten herum. *An allem und jedem hatt' er ebbes auszusetze', de Graf Bibi!*

Um diesen Nörgeleien aus dem Weg zu gehen und weil ihr Bruder sonst verhungert wäre, *ha, ha, ha!*, kochte ihre Mutter ihm extra etwas, wenn es Essen gab, was er nicht mochte. *Des Sauerdippe.* Natürlich fühlte die Kleine sich benachteiligt, sie war ja auch *e Leckermäulche.* Wenn er ihr dann auch noch absichtlich etwas vorschmatzte, wie gut doch sein Essen im Gegensatz zu ihrem war, löste das den schönsten Futterneid-Streit aus. Beschämt hielten beide den Mund, wenn ihre Mutter klagte: „Wie schlimm ist es doch, wenn sich schon Geschwister untereinander zanken und missgünstig sind." Aber unter dem Tisch trat sie ihm richtig fest an's Schienbein. *Geschwisterliebe, ha, ha, ha!*

Lieber Gott

Gläubig war sie!
Natürlich net so, wie die Kerch's von ihre Gläubische wollt'!
Aber sie betete wenigstens jeden Abend vor dem Einschlafen: „Lieber Gott, mach' mich fromm, dass ich in den Himmel komm!"
Sie wollt noch lang net in de Himmel, warum auch!? Ihr Dorf war schön, es gefiel's ihr hier. Obwohl se sicher auch so en schöne Leichenzug hätt wie letzte Woch der alte Mann unne aus der Frankfurter Straß'. Die schwarz, geschlossene Leichenkutsch hatt so schön geglänzt. Genau wie die schwarze Pferde, die de Bauer, „de Kern", für die Beerdigung zur Verfüchung gestellt hatt.
Es sah sehr feierlich aus, wenn die Bevölkerung in ihren schwarzen Cuts, Anzügen, Kleider, Hüten und Zylindern gemächlich und würdevoll hinter dem Sarg herging.
Je mehr Leute sich dem Zug, der durch das Dorf zum Friedhof ging, anschlossen, um so angesehener, höhergestellter war die Person. „Derr hatt awwrr e schi Leich." Dieser Satz war eine hohe Auszeichnung der Bewohner des Dorfes für den Verstorbenen.
Die Toten wurden drei Tage im Haus aufgebahrt, und sie meint sich vage daran zu erinnern, dass sie die als „Großmutter" bezeichnete Frau Faust im Sarg liegen sah. Tante Lolla, Lore Reuther, erzählte ihr, dass Selbstmörder beim Elf-Uhr-Läuten ohne Pfarrer beerdigt wurden.
Die Kleine konnte mit dem Tod nichts anfangen. Man war halt nicht mehr da, konnte nicht mehr spielen oder,

wie die Erwachsenen, arbeiten. So schlimm konnte „tot" nicht sein, meinte sie. Auch die Verwandtschaft von denen, die nach Australien auswanderten, weinten. Und sie selbst weinte ja auch oft, ohne zu wissen warum. Dass dieses *ekelige Geripp mit de Sens* die Menschen holte, fand sie gruselig, aber im Radio hatte sie neulich ein Gedicht gehört und das fand sie *zum Schluchze' schee*.

„Vorüber, ach vorüber, geh' wilder Knochenmann,
ich bin noch jung, geh' lieber und rühre mich nicht an.
Gib' deine Hand, du schön und zart Gebild.
Bin Freund und komme nicht zu strafen.
Sei' guten Mut's, ich bin nicht wild,
sollst sanft in meinen Armen schlafen."

Krank sein war viel schlimmer. *Schmerze hawwe un net uffstehe könne* davor fürchtete sie sich. Sie machte einen großen Bogen um alle, die krank oder nicht normal gewachsen waren. Ihre kindliche Neugier schlug sofort in Entsetzen um, wenn ihr bewusst wurde, dass das Hosenbein oder der Ärmel eines Mannes nur deshalb umgeschlagen war, weil Gliedmaße fehlten.

Sie hatte eine so unglaubliche Einbildungskraft, dass sie glaubte, Schmerzen oder Verstümmelungen, die andere hatten, körperlich zu spüren. *Sie konnt mit dene Leut net umgehe*. Sie fühlte, dass sie nie die richtigen Worte finden würde, um ihre erschreckte Mimik ihnen gegenüber zu mildern. *Warum ließ de liebe Gott manche Mensche nur so leide?* Sie fand sowieso, dass *der da oben* des öfteren Fehler machte. *Obwohl DER doch alles sieht un aach weiß!?*

Mit dem lieben Gott unterhielt sie sich ausgiebig. Sie erzählte ihm ihre tagtäglichen Ärgernisse, was sie gut oder schlecht fand, über was sie sich freute oder sehr, sehr glücklich war, von ihrer Familie und den Freundinnen, was sie demnächst tun würde und ob er das für richtig hielt.

Es waren sehr ernste Gespräche, und sie nahm ihm, großzügig, wie sie war, nicht übel, dass er ihr nicht antwortete. Meistens waren ihre Kümmernisse nicht mehr so schlimm, nachdem sie ihm alle erzählt hatte. Manchmal schimpfte sie mit ihm, wenn sie ihn zum wiederholten Mal um etwas gebeten hatte, was nicht oder was passieren sollte, was sie gerne bekommen hätte und er sich einfach nicht rührte.

Schließlich brobiert' se doch, gut und fromm zu seu. Da konnt' er sich ja aach e mal in ihr Richtung beweesche. Außerdem langts, wenn se die Zehn Gebote euhält. Gut, sie gab ja zu, dass des net immer so klappe dut. „Du sollst Vater und Mutter ehren." *Ei ja, macht se ja meistens, awwer des sinn schließlich Erwachsene, un mehr musst se dadrüwwer ja net saache, odder!? Mit* „Liebe deinen Nächsten, wie dich selbst" *hab ich auch meu Last, aber hauptsächlich weche meum Bruder. Es langt doch schonn, wenn se annen denkt, um ihr die Gall steiche zu lasse und alle Gebote iwwern Haufe zu schmeiße. Du da owe kennsd mich jetzt lang genuch, du musst des doch alles schonn wisse!?*

Sie konnte auch, allerdings sehr selten, eine ungnädige Gläubige sein. *„Lieber Gott", deu Kerch mag ich net. Wozu brauchst du die üwwerhaupt? Ich kann doch auch mit dir redde, ohne dort hinzugeje. Dann noch Jesus am Kreuz, mit Nächel in Händ und Füß, furchtbar! Wenn ich groß bin, les ich die Bibel selbst, deshalb brauch ich aach kaan Pfarrer und die Zehn Gebote lange für's ganze Läwe. Ach hast du die Kerch, weil die Annere die Gebote zu wenig kenne un kaa Zeit hawwe, mit dir zu redde? Darum schimpft der Pfarrer also immer so von de Kanzel e runner, ach so! Trotzdem, was nutzt mir dann die Kerch, wenn ich üwwerhaupt net versteh, was de Pfarrer eigentlich predicht?"*

Die „gedrechselte" Kirchensprache, Psalme, Korinther, Matthäus, Lukas. Verse, Kapitel .... langweilten sie entsetzlich, und die Orgel *brauch ich schon gar net*, was nicht hieß, dass sie die Orgel nicht mochte. Sie war für das Kind einfach zu feierlich. Kaum begann sie zu spielen, begleitete die Kleine die in ihre Gesangbücher starrende Gemeinde, mit lautem Schluchzen.

Sie ging, nachdem sie auch nach ein paar Wochen immer noch nicht verstand, was oder wovon der Herr Pfarrer redete, nicht mehr hin. *Sollte die sich im Dorf doch drüwwer uffreche, die Christe. Scheinheilig war se net, wollt's auch net seu.*

„Lieber, lieber Gott, du hast schonn wieder net richtich zugehört! *Du weißt doch, wie sehr mer de eine Krüger, der vorne im erste neue Haus an der Hauptsraß wohnt, gefällt. Der guckt immer noch nach annere Mädcher! Jetzt schielt der sogar nach meiner beste Freundin. Na ja, vielleicht dut er mich dadorch, auch e mal sehe. Un letzte Woch hatt ich mir sooo sehr Fleisch gewünscht, und was hat's gewwe, Milchreis! Red' doch auch mal mit dem Petrus, der hat mir schonn paar Mal den Tag versaut. Immer räschent's, wenn ich draußße spiele will! Verschon mich doch auch bitte mit dene Erkältunge, die mich ganz bestimmt zwei Mal im Jahr belästicht. Immer dann, wenn ich üwwerhaupt net krank seu will.*

Wenn sie krank wurde, sah sie das als eine Strafe des Himmels an und gelobte, mit einem Auge auf ihre Genesung schielend, sich zu bessern. Sie wollte wieder draußen rumrennen können. Aber der liebe Gott kannte seine Pappenheimer und wusste, dass sie ihn ab und zu beschummeln wollte. Leutselig sagte sie mit Blickrichtung Himmel: *Gell mir versteh'n uns doch!?* Und zwinkerte mit ihrem anderen Auge nach „oben". Die schlimmste Strafe und keine göttliche, *mit ihm konnt' mer wenigstens noch redde,* war der Stubenarrest, den ihre Mutter über sie verhängte.

Ostern

Sie war ein ganz und gar ehrliches Kind, nur machte sie oft Dinge, die sie nicht für schlimm hielt.

So auch ein paar Wochen vor Ostern. Der Postbote hatte ein großes Paket vor ihre Wohnungstür gestellt. Woher sie wusste, dass sich unter dem braunen Packpapier Süßigkeiten befanden, hat sie vergessen. Vielleicht konnte sie schon lesen und es war aus dem Absender ersichtlich, denn ihre Eltern waren mit einer Familie Hartwig befreundet, die in Hanau ein Süßwarengeschäft hatten. Sie nahm *den Kattong* mit in die „Ecke", in der das Friseurgeschäft war, und spielte dort für ihre Freundinnen den Osterhasen. Sie versteckte die aus Zucker, Schokolade und Gelee bestehenden Hasen und Eier im Garten ihrer Spielkameradin Erika und ließ die Kinder suchen. Sie selbst bekam von den Leckereien nichts. *Schließlich war se de Osterhas', un der bringt und versteckt die Sache', awwer isst se net!*

Ihre Mutter konnte, durch Erikas Mutter alarmiert, einen kläglichen Rest retten. Zur Strafe sollte die Tochter zu Ostern nichts bekommen. Das Übriggebliebene gehöre ihrem Bruder!

An Ostern gab es eine schöne Tradition.

Kinder gingen am Ostersonntagmorgen mit einem Henkelkörbchen in die Höfe und Häuser, um den Bauern und Familien „Ein frohes Osterfest" zu wünschen. Als Dank bekamen sie rohe und gekochte Eier, bemalte und unbemalte. Manchmal auch Süßigkeiten, zum Beispiel vom Bäcker oder aus dem Krämerladen.

Ihr Bruder, der zwar mitging, es aber als Bettelei ansah und sich auch genierte, schickte sie immer vor. Wenn die Leute nach ihm fragten, erzählte sie in ihrer offenen und freimütigen Art, dass er vor dem Tor stehen würde und darauf wartete, auch etwas zu bekommen. Lachend gaben sie ihr ein oder zwei Eier mehr, die sie in seinen Korb legte. Da sie ständig um seine Gunst bemüht war, erzählte sie ihm sofort, *dass die nach ihm gefraacht un uff ihr Antwort hin, gelacht hätte!*

Neugierig wollte er natürlich wissen, was sie den Bauern mitgeteilt habe?

Sie sagte es ihm. Er hätte ihr am liebsten *eine geknallt*!

Wie immer ging sie auch in dem Jahr, in dem sie den Osterhasen gespielt hatte, zu ihren Stammbauern und Freunden ihrer Familie. Sie brachte sage und schreibe vierundzwanzig Eier nebst ein paar Süßigkeiten in ihrem Körbchen heim. Ein Rekord in dieser noch armen Zeit. Wahrscheinlich hatte sich die Osterhasen-Geschichte wieder einmal wie ein Lauffeuer im Dorf herumgesprochen. Körbchen schwenkend lief sie den langen Flur entlang und rief schon von weitem ihrer Mutter zu: *„Ich brauch deu Eier net, ich hab' selbst genuch!"* Ihre Mutter konnte bei diesem strahlenden Kindergesicht nicht mehr böse sein.

Der Osternachmittag-Spaziergang mit der ganzen Familie gehörte ebenso zur Tradition. Oberhalb der Wingert und noch weiter, am Waldrand, wurden die mitgenommenen und unterwegs vom Osterhasen versteckten hartgekochten Eier *geschippelt* und auch geworfen. *Des Ei, des am weid'ste' geworfe wurd' un net kaputt ging, hatt' gewonne', un war die Schal' kaputt, wurd' s gesse'.*

Noch Wochen danach sah man die bunten Schalen im Gras herum liegen. Für die Kleine waren die Nachwirkungen des Eierschippeln meist nicht so angenehm. Sie litt wieder einmal an Verstopfung.

Engelchen und Teufelchen

Das Dorf war ein einziger großer Spielplatz, in dem man nach Herzenslust spielen, toben und Abenteuer erleben konnte. Immer behütet und bewacht von allen, was viele als Neugier empfanden, sie nicht. Ihr war dieses Beobachten nie lästig, im Gegenteil, *das Dorf* beschütze sie und gab ihr Sicherheit. Streiche und Dummheiten kamen den Eltern immer zu Ohren. Die Dorfbewohner halfen sozusagen bei der Erziehung mit.

Sommerzeit war Badezeit. *Nur net für sie! Nie durft se, es sei denn, ihr Pappa war dabei, an die nah' Kinzig schwimme geh'n. Auch wenn ältere, große Kinner uff se uffpasse wollte.* Ihre Mutter konnte nicht schwimmen und hatte Angst vor Gewässer. Sie wollte nicht einmal „d'ran denken", dass ihre Tochter ertrinken könnte. An besonders heißen Tagen stellte sie deshalb, um der Versuchung entgegen zu wirken, eine mit Wasser gefüllte Zinkwanne, in der sonst die Wäsche eingeweicht wurde, in den Hof. Natürlich probierte die Tochter mit ihrem Dickkopp sich durchzusetzen, aber *alles Mucken* half nichts. *Dann ewe net* .

Wenn ihre Spielkameraden am Fluss waren und ihre Mutter im Geschäft arbeitete, missachtete die Kleine hin und wieder das Verbot.

Die meisten Leute gingen an der Richtung Gelnhausen gelegenen Meerholzer Brücke schwimmen, aber der Weg dorthin war für sie zu weit. Der nächste Badeplatz lag ein wenig abseits der Straße, die nach Niedermittlau führte, neben der Kinzigbrücke. Dort gab es mehrere Stellen, an denen das Wasser so flach war, dass es ihr nur zu den Knien reichte.

Hier ging sie baden. Sie versuchte, auf einem Bein stehend zu schwimmen, *sicher ist sicher*, fischte Kieselsteine aus dem Fluss oder spritzte sich mit den anderen Kindern nass. Sie wusste, dass irgendjemand ihrer Mutter erzählen würde, wo sich die Tochter am Nachmittag aufgehalten hatte.

Awwer bis zum Abend war noch sooo viel Zeit.

An einigen Plätzen wuchsen Wasserpflanzen. Sie verließ diese Stellen fluchtartig, als die großen Kinder sagten, die Schlingpflanzen würden kleine Kinder wie sie in den schlammigen Grund ziehen. Angst vor der Dunkelheit des tiefgrünen Wassers überkam sie. Ihrer Mutter zuliebe wollte sie nicht das Kind sein, das von Nixen aus dem Wasser gezogen wurde und mit Heiligenschein 'gen Himmel schwebte. Dieses in Pastellfarben gemalte Bild im Goldrahmen hing bei einer Bauernfamilie über den Ehebetten.

Es war heiß und friedlich, das Jauchzen der Kinder verlor sich in der Weite der Ebene. Libellen schwirrten herum. Schwalben fingen über dem Wasser Mücken. Bachstelzen liefen mit ihrem wippenden Gang am Ufer entlang und sie lag auf einer der Koltern im Gras und bekam immer mehr Bauchweh, wenn sie an die Strafe, die zu Hause auf sie wartete, dachte.

Sie hatt doch erst vor drei Woche Stubenarrest! Zwar nur en halbe Tag, aber immerhin. Um sich bei der Eisfrau, die fast am Ende des Ortes vor der zweiten großen Gaststätte mit ihrem Karren stand, ein Eis zu kaufen, hatte sie sich aus *Muttis* Kleider-Küchen-Schrank ein 20-Pfennig-Scheinchen geholt. Abends wollte ihre Mutter den Kindern eine Freude machen und ging Eis holen, unterhielt sich, wie es halt so war, mit der Frau, und schon war's passiert. Sie sollte gestohlen haben. Das Teufelchen wäre dieses Mal stärker gewesen, meinte ihre Mutter. *Sie begriff das Ganze net. Ihr Mutti holt doch auch immer Geld aus der Tass'! Sie musst mit dem „Lieben Gott" rede', er wusst, dass se kei' Diebin war.*

Aber sie verstand nach einigem Murren den Zweck des Stubenarrests. Sie hatte, bevor sie etwas nahm, zu fragen. *Ei ja, is ja guud!*

Ärgerlich

Sie ließ sich einiges einfallen, wenn sie ihren Kopf durchsetzen wollte. Klagend ging sie zu ihrem Vater und erzählte ihm, wie herzlos ihre Mutter wäre, aber ER würde ihr die zehn Pfennig geben, damit sie sich ein Eis holen könnte. *Ja? Noch e bissi am Hosebein zoppele, mit de Wimpern klimpern ...*

Zum Ärger ihrer Mutter klappte es fast immer. „Du hatt'st doch schonn e Eis!"

Morgens bekam sie fürchterliches Fieber, wenn in der Schule eine Arbeit auf dem Plan stand und sie das Fieberthermometer an der Wärmflasche hatte steigen lassen.

Blöderweis' ging das nur im Winter. Mit der Birne von der Nachttischlampe dauerte das Erwärmen viel zu lange und sie probierte es nicht weiter. Natürlich musste sie in die Schule. Es blieb ihr ein Rätsel, wieso ihre Mutter jedes Mal wusste, wann sie *echt oder unecht* krank war.

Wollten ihre Eltern ausgehen, musste sie erst noch mal ihre Mutter drücken, was so intensiv geschah, dass die Frisur im Eimer war. „Kind ...!!" Dann bekam sie auch noch unglücklicherweise *soooo* einen Durst.

Ihre Mutter, die sich mittlerweile gekämmt hatte, holte auch noch ihr „Rabbel-Dibbche", in das trotz größter Anstrengung nur ein paar Tröpfchen gefallen waren, obwohl sie doch *sooo* schrecklich dringend ... „Jedesmal dieses Affentheater, ständig willst du groß sein, außerdem bist du nicht allein und das Nachttischlämpchen brennt auch!" Bumms. Tür zu! *Schmollstunde.*

In ihren eigenen Hintern hätte sie sich beißen können, wenn ihr keine passende Ausrede einfiel und sie einkaufen oder heimkommen musste. Dass ihre Sandkuchen im Ofen verbrannten, ihre Puppe gerade fürchterliches Bauchweh hatte oder sie unbedingt auf eine Freundin warten musste, hatten keinen Erfolg. *Na, ja, dann ewe net!*

Ihre Mutter war ständig auf der Suche nach den Haarschleifen und Schürzen ihrer Tochter. Erst wenn sich ihre Stirn in Falten legte und ein strenger Blick die „Orschel" traf, fielen dieser plötzlich ein, wo die Sachen sein könnten! *Awwer ich tu se net anziehe'! Die Mistdinger!*

Über die Taschentücher musste sie schon fallen, wenn sie sich die Nase putzen sollte, es ihrer Meinung nach aber mit dem Ärmel viel schneller ging. Und die Socken, die sie anzog, obwohl es noch viel zu kalt war, und sie deshalb ihrer Mutter eine schauspielerische Glanzleistung in Form einer Hitzewelle vormachte, imaginäre Schweißtropfen abwischte, das Fenster aufriss, Wasser trank und sich mit einer Zeitung Luft zufächelte, immer auf ihre Mutter schielend, eine Reaktion erwartend. Na, und die erfolgte auch prompt!

Führten die Kniffe und ihr Schmollen nicht zum gewünschten Erfolg oder waren ihre Wutausbrüche mit einer Tracht Prügel beigelegt worden, nahm sie das Ganze nicht so tragisch und trällerte bald darauf ihre Schlager und Lieder.

„Dieses Kind, man ist noch fix und fertig und sie singt schon wieder!"

Milchkannensolo

Jeden Abend holte sie frische Milch.

Mit der Kanne klappernd und schlenkernd ging sie in die Bahnhofstraße zum „Milch-Hannes" oder schräg gegenüber zu seiner Verwandtschaft.

Man wusste schon von weitem, ohne sie zu sehen, wer da ankam. Laut singend schmetterte sie mit den Amseln um die Wette oder pfiff wie Ilse Werner:
Kannst du pfeifen, Johanna?
Ei gewiss kann ich das,
fft fe fe fe fe fefe fee fft fe fe fe fee!
Kannst du singen, Johanna?
Ei gewiss kann ich das,
tra lalala la lala la lalleralla la!
Mit der vollen Milchkanne in der Hand machte sie sich auf den Heimweg. Unterwegs probierte sie wieder einmal aus, ob dieses Mal Milch aus der Kanne lief. Sie drehte mit der Kanne in der Hand ihren Arm wie eine Windmühle und abermals war kein Tröpfelchen Milch zu sehen.

Komisch, sie konnt's aafach net versteh'e. So lang' se die Kann dreht, passiert' nix, selbst wenn die uffem Kopp steht!?

Als sie versuchte, die Kanne, als sie oben war, mit einem Ruck anzuhalten, löste sich der Deckel und die weiße Flüssigkeit schwappte ihr über das Gesicht. *Ach Gottsche, ach Gottsche!!*

Da Singen und Pfeifen durstig machte, fehlte fast immer Milch. Sie trank sie zu gerne aus der kühlen Aluminiumkanne. Jedes Mal leckte sie sich ihren Milchbart wie ein Kätzchen mit der Zunge ab. Aber jetzt. *Oh je!* Dieses Mal setzte sie ihren Weg ohne Trällern fort, und ihre Mutter würde heute mit ihrem Spruch recht haben: „Kind, Kind, hoffentlich weinst du in deinem Leben mal nicht soviel, wie du singen tust."

Schule

„1, 2, 3, 4, 5, 6, 7, in der Schule wird geschrieben, in der Schule wird gelacht, bis der Lehrer pitsch, patsch macht. Au, Herr Lehrer, das tut weh, morgen komm ich nimmerme', übermorgen bin ich krank, dann hüpft der Lehrer über die Bank."

Die Schul! Sollt se in die Schul gehe odder net?

Ihr Mutter wollt ihr e Säckche häkele. So e Gemeinheit. Was würde dann die Kinner saache! Sie hat halt ihr Buddelche üwwer alles gern. Sogar viel lieber als ihre Zelluloidbubb'. Was war dann so schlimm, dass se noch wie e Bobbelche aus de Milchflasche trinke dut? Die war ja bei Kummer un vor dem Euschlafen ihrn Tröster. Na ja, sie nuggelte aach oft genuch zwischedorch, awwer des wusst ja niemand. Natürlich nimmt se die Flasch nur zur Anna mit. Die Spielkamerade und Freundinne durften des nie erfahr'n. Und jetzt sollt se mit dem gehäkelte Säckche um den Hals, des Fläschche da drinn, in die Schul!? Ach herrje noch e mal, ihr Mutti würd bestimmt aach noch Schleifcher an des vertrackte Ding nähe. Sie musst in die Schul und sie wollt ja aach. Schonn um ihrm Bruder zu beweise, dass se net so dumm war, wie er se immer hinstellt!

Nun, unsere Kleine kam zur Schule. Ohne Flasche im gehäkelten Säckchen. Sie hatte sich entschlossen, da sie ja schon halb erwachsen wäre, ihren Tröster in allen Lebenslagen für immer zu verbannen. *Oh Gott, grad jetzt hätt se ihr Buddelche brauche könne! Dass ihr lang Haar, was bis zum Bobbes gange is, abgeschnitten worn is un se jetzt e Dauerwell hatt, die Schuldutt mit de Süßichkeite und die riesich Hefeteigbrezel mit Mandelsplitter, des war ja alles schee gewäse, awwer ... Jeden Tag des ewiche Stillsitze! Noch net e mal träume durft se, selbst wenn's färchterlich langweilich war."*

In de Schul musst und sollt se! Sie würd bei müsse und solle schon mal überhaupt nix mache. Was glaawe dann die, wer se sinn? Nur weil se studiert hawwe? Na un? Mit mehr Wisse im

Kopp bleiwe die trotzdem nur Mensche wie se selbt. Wer gab dene die Erlaubnis, ihr ebbes zu befehle? Sie net! Warum bitte die net, wie's höfliche Mensche mache?

„Mein liebes Kind, mache das bitte so und so", *dann würd se's auch mit Freud' tun. Awwer du musst. Naa, naa. Net mit ihr! Sie zum Beispiel is doch sehr höflich.* „Bitte, bitte, Herr Lehrer, ich will jetzt heim."

Sie löste das Problem des „Müssen" auf ihre Weise.

Für den Lehrer lernte sie nichts, da dieser nur Befehle gab.

Sie arbeitete ihrer Mutter zuliebe. Natürlich nur das Notwendigste!

Fing ihre Mutter bei Erklärungen mit „Du musst" an, überprüfte sie erst deren Tonfall. Sagte er ihr zu, tat sie, was sie machen sollte ohne Murren, schaltete aber sofort auf stur, wenn auch nur die Nuance eines Befehls herauszuhören war.

Unterricht

Ihr Klassenlehrer, Lehrer Hanke, lockerte den Unterricht durch Musik auf.

Er fiedelte auf einer Geige zum Gesang der Schüler, was ihr jedes Mal einen Schauer über den Rücken jagte. Sie konnte nicht beurteilen, ob er gut oder schlecht spielte, aber die hohen Töne, *das Gekratze*, wie sie es nannte, gingen ihr *gehörich an die Nerve. Sie sang ja wahnsinnich gern, aber wenn er nur schonn mit dem Geigenkaste ankam!* Auch ärgerte sie sich, da sie die Lieder aus voller Brust hinausschmetterte, über die ständigen Räusper und ermahnenden Blicke der Lehrer, die sie zu einer weniger lauten Tonart aufforderten.

Noch net e mal singe durft se, wie se wollt!

Aus Platzmangel saßen immer zwei Schulklassen in einem Raum. Zum Beispiel die erste und zweite, die dritte und vierte .... Während die Kinder einer Klasse etwas schreiben mussten, arbeitete der Lehrer mit der anderen. Da sie sowieso schon unkonzentriert war und ungern in die Schule ging, ließ ihr Lernen *sehr zu wünschen übrig*. Sehr oft stand sie in der Ecke, mit dem Rücken zur Klasse. Eine Strafe für ihr Dazwischenreden. Sie musste viel ihrer freien Zeit dem Nachsitzen widmen.

Nur nix den blöde Lehrer merke lasse. Oh Gottchen, oh Gottchen, des gab auch noch Ärger deheim. Da ging widder das Gezeter ihrer Mutter weeche dem jetzt kalte Essen los: „Laufend muss ich die Töpf' auf dem Ofe' hin und herschiebe', wo bleibst du nur?" *Na ja, füg dich in deu Schicksal, mach die Hausuffgawe ewe hier. Immer noch besser Nachsitze als Strafarbeit. Da würd' se wieder Stunne dran sitze.*

Zum Nachsitzen war sie in die Klasse der älteren Schüler abkommandiert worden. Wahrscheinlich war sie wieder einmal mit einer Antwort des Lehrers nicht zufrieden gewesen. Für den Lehrer, der hier unterrichtete, mussten die größeren Kinder Hilfsdienste leisten. Im Garten Unkraut jäten, Brombeeren pflücken, Birnen auflesen. Die Jungen trugen Kohleeimer in seine Wohnung, die im ersten Stock des Schulgebäudes lag, und die Mädchen mussten dort putzen. Selbstverständlich alles freiwillig!!!

Sie wunderte sich, dass der Lehrer, wenn er von der hinteren Wand nach vorne zum Pult ging, den Pullover, die Bluse oder das Kleid von den großen Mädchen hinten am Rücken wegzog. *Weshalb mächt der des nur?* „Du bist aber auch dumm. Er guckt doch nur, ob wir schon einen Büstenhalter anhaben, und dann sagt er jedes Mal, wie ungesund der ist", wurde sie von den älteren Mädchen aufgeklärt. *Ach ja, ihr Mutti hat' aach so Dinger. Die war'n also ungesund?! Des war schon komisch, wo die doch für die Gesundheit so nagend wer'n konnt . Des ging doch von morjens bis abends: Wasch dich, wasch dich!* Zum BH-Thema sagte ihre Mutter nur: „Des därf doch net wahr seu!" Was alles oder auch nichts bedeuten konnte.

Sie jedenfalls plagte sich mit der Schule herum und fand, dass der Ausspruch ihres Opas „Die Welt ist eine große Bühne, spiele gut" nichts mit der Schule zu tun haben konnte. *Dort durft se doch gar net spiele! Selbst in de Pause wurd se beuffsichticht! Uffstehe un an's Fenster gehe war auch verbote. Es bliebe doch noch sooo viele Jahr zum Lerne. Da konnet die, herrje noch e mal, wenigstens beim schöne Wetter die Schul zu lasse. Bei Räsche könnt se's schonn aushalte, da würd se sogar versuche fleißich zu seu. Dieser dumme Lehrer mit seum „Strich rauf, runter, rauf, Pünktchen oben drauf".*

Jetzt sollt se auch noch als Hausuffgab die ganz Tafel mit dene Is voll schreiwe. Wo doch immer de Griffel so ekelhaft kratzt und quietsche dut. Üwwerhaupt war's viel schöner zu spiele! Bei dem Religions- und Musiklehrer, *net dem mit de Geige,* setzte sie sich nie in die erste Bankreihe. *Bei dem brauch se ja en Räscheschärm, der schbeutzt immer so. Pfui Deibel!*

Ausgerechnet, wenn sie daran dachte, was sie mittags alles unternehmen könnte, knallte der Zeigestock auf ihr Schreibpult, so dass das Tintenfass hüpfte und ihr das Herz in die Hose rutschte. *Was sinnen des für Zuständ'?*

Jeden Morgen in Reih' und Glied aufstellen. Nach Klassen geordnet. Dann ruhig und gesittet, ohne zu rennen, in die Unterrichtsräume gehen. „Guten Morgen, Kinder!" Im Chor: „Guten Morgen, Herr Lehrer!" „Setzt euch!" „Seid ihr auch sauber?" „Gewaschen?" „Zeigt mal eure Ohren, Hände und Fingernägel!" „Sauber soll das sein?" Es gab „Pfötchen". Mit dem Lineal haute er auf die Fingerspitzen der Innenhand, was gewaltig zog und wie Feuer brannte. Mit den Mädchen hatte er wenig Ärger, aber die Buben zog er ständig an den Ohren. *Die arme' Kerle wurde' einseitich merklich größer.*

Die Beurteilung von ihre Hausuffgabe war auch widder net

so günstig ausgefalle. Debei hatt se sich doch sooo viel Müh gewwe! Es war widerlich in die Schul' zu müsse. Zu ihrem Überdruss sagte ihr Bruder auch noch „Kinderkram" zu Rechenaufgaben, die für sie so schwer waren!

Mit Kopfrechnen hatte sie große Schwierigkeiten. Sie konnte Rechenaufgaben nicht gedanklich umsetzen. Ihr lag die Praxis, nicht die Theorie. Erst als der Lehrer zum Beispiel einen Apfel zerteilte und ihn dann wieder zusammensetzte, begriff sie, was er mit ½, ¼ ... meinte.

Ihre Mutter versuchte ihr schon einige Zeit, eine Rechenaufgabe zu erklären. Sie bekam bald eine Wutanfall, als ihre Tochter mitten in die Erklärungen fragte, ob das Wetter wohl gut genug wäre, um mit den Puppen spazieren zu gehen. So viel über ihr Interesse am Rechnen.

Aber nicht nur das Rechnen war für sie schwierig. Die Diktate und Aufsätze waren gespickt mit Rechtschreibefehler. Sie sprach zwar nicht den dörflichen Dialekt, aber den ihrer Geburtsstadt. Und so schrieb sie eben auch. Nur durch lautes Lesen, wusste man, was da stand.

Aufsatz:

Vorchewoch warenn wir im Zo.

Dord wares ser schön.

Mir saen Discher, Beren, Wöllfe,

Afen und file andere främde Tire.

Zulezt wurden mir noch geknibst.

Die Bilder sin sär schön ausgefalle.

Die Welt

Wer war'en die Welt? Uns're, ihre, seine Welt? Sie überlegte sich, was ihre Mutter wohl meinte, wenn sie sagte: "Unsere Welt ist besser geworden."

Was hatt die dann früher falsch gemacht, die Welt? Un wieso gehört die ihne, wenn annere Leut auch von de Welt, awwer von ihrer babbele? Tut mer sich die teile odder gibbds so viele Fraue, die Welt heiße? "Uns gehört die Welt!" *Es hört sich an, als ob's wärklich nur eine gewwe det! Merkwürdich, wo steckt die nur? Wenn die wärklich so groß war, hätt'se die doch schon längst sehe misse. Hatte ihr Eltern die grad verliehe, weitergegewwe?*

Von ihrer Mutter wusst' se doch, dass außer dem Zeuch, was in de Wohnung un im Geschäft war, nix ihne gehört! Ihr Bruder hatt die Welt auch noch net gesehe. Wie se'n neulich gefracht hat, hatt er nur mit dem Kopp geschüttelt un sich mit dem Finger an die Stirn getippt. Debei is der sogar sechs Jahr älter wie sie! Diese Welt schien nur alle paar Jahr mal uffzutauche! Außerdem musst die ganz schee launisch seu. Einmal war die großartich, dann widder schlecht. Mal fern, mal nah, leider nie ganz nah, dass'e die hätt sehe könne. Un bunt musst die seu, schillernd in alle Farbe! Wahrscheinlich wie de Räschebooche?

Die Welt und der Regenbogen, fand sie, waren sich ähnlich. Beide waren für sie unerreichbar. Um die Welt zu sehen, bestand, wie sie meinte, ja noch eine Chance, aber die mit Gold gefüllten Kessel am Ende des Regenbogens fand sie bisher nie. *Debei war se weit in die Wiese neu gelaafe, awwer des blöde End' is einfach net stehe gebliwwe. Was es für merkwürdiche Sache gibbt!*

Ihr Gesichtsausdruck war geradezu umwerfend, als ihr ihre Mutter erklärte, was die Welt ist. Es war wie ein Blitzeinschlag! Erkenntnis, Verstehen, daraus Schlüsse, Folgerungen. Wie vom Donner gerührt, stand sie vor ihrer Mutter. Heute würde man sagen, sie hatte ein für sie seltenes Erfolgserlebnis. *Ach Gott, war se e Dummerche, also alles um se herum war die Welt un die dut alle Mensche gehörn. Awwer wieso war dann des Haus, in dem se wohnte, dann net aach ihne? Die Felder, Wiese und Gärte gehörte auch verschiedene Bauern un mer musst ständich fraache, wenn mer zum Beispiel Obst pflücke wollt'! Frache üwwer Frache, die nahme kaa Ende!*

Wo lag eigentlich Amerika? Fing des hinner Gelnhause odder Frankfurt an? Weiter war sie noch nicht gekommen. *Wie viel mal größer wie die Kinzig und de Main war des Meer? Des große Wasser, üwwer des mer fahr'n musst, um Amerika zu sehe'! Wie weit ging des? Weit weg? Für sie war de Weg von de Bahnhofstraß zur Wirtschaft Fass sehr, sehr, weit.*

Später in de Schul' wunnert se sich, dass ihr Dorf, was uff de riesich' Hessen-Landkart' noch zu sehe war, uff de Deutschlandkart' fehlt. Wo war des nur? Und wieso war Hessen uff aamal so klaa? Uff de Weltkart' war des Dorf un Hesse' sogar ganz verschwunne. Un Deutschland war geschrumpft, wie zu heiß gewäsche Wäsch! Sie kapierte des Ganze net. Es hatt ebbes mit Maßstäb' zu tun, nur wusst se net, was diese Maßstäb war'n. Es war wohl des Beste, mer nahm's vorläufich aafach so hin. Erchendwann würd' ses schonn verstehe!

Takt

Einmal hörte sie jemand sagen, die wenigsten Menschen wären taktvoll! *Na, sie war des bestimmt. Sie konnt' doch tanze' wie de Lump am Stecke!*

„Jawoll, meu Mutti sächt immer, ich hätt' viel Rhythmus im Blut," meckerte sie die Leute an.

Die daraufhin zu lachen anfingen. „Du weißt wohl nicht, was dieses Wort bedeutet?"

Sie empfand diese Frage sofort als Kritik und meuterte los.

Ha, bestimmt widder so e verlooche Wort von de Erwachsene, die nie des sage, was die eischendlich saache wolle. Sie ging in Kampfstellung wie ein Stier, es fehlte nur noch, dass sie auch mit den Füßen stampfte. Je mehr die Leute über die kleine, wildgewordene Person lachten, um so wütender wurde sie. Ob ihr das Wort erklärt wurde, bekam sie nicht mehr mit. Auf dem Heimweg sagte sie ständig, um es ja nicht zu vergessen: *Taktvoll. Taktvoll. Taktvoll.*

Ihre Mutter erklärte ihr, dass taktvoll, Taktgefühl hier nichts mit der Musik zu tun hätte, was zu einem Dialog mit ihrer Tochter führte.

„Weißt Du, man schaut zum Beispiel zur Seite, wenn ein Päärchen sich zum Abschied küsst."

Ach, des war's also! Wegsehe war taktvoll! Also da müsst' se ja blöd seu, so was sah se schließlich net alle Tach.

Genau wie des Öffne von de Hoseknöpp, wenn en Mann mal musst'. Sie hätt' zu gern mal geseje, was des eischendlich war, was den Strahl mache dut!

Ein Rempler ihrer Mutter oder ein, „Verschwinde!" der männlichen Person ließ sie jedes Mal ärgerlich weiter gehen.

„Kind, Zartgefühl ist das gleiche wie Takt," sagte ihre Mutter. „Das alles musst du noch lernen."

„Also jetzt versteh ich üwwerhaupt nix mehr. Ich kann doch zärtlich seu, schmuse tu ich doch leidenschaftlich gern, un Gefühl habb ich auch!"

„Ja, aber du tust das Zartgefühl verletzen, wenn ..."

„Awwer Mutti, wieso tu ich dann jemand verletze?"

Ihr Gesicht war ein großes Fragezeichen, da sie jetzt an Gewaltanwendung dachte. Aber etwas war von den Erklärungen hängen geblieben.

„Woher soll ich dann wisse, ob ich jemand verletz', wenn ich net fraache soll un derf, ob er sich üwwerhaupt verletzt fühle dut?"

„Siehst du Kind, das sagt uns das Taktgefühl!"

Ihre Mutter musste an diesem Tag viel Zeit gehabt haben, denn sie versuchte es aufs Neue.

„Sieh' mal Schatz, mit taktlosen Fragen kann man einen Menschen belästigen und sogar Kummer bereiten oder, wenn man jemand zum Abschied küsst, dann möchte man nicht, dass andere neugierig dabei zusehen, ja?!"

„Awwer Mutti, du gibst doch höchstens dem Papa un uns en Kuss un des dut kei'm weh, macht kein Kummer un belästicht uns net!"

„Heiliger Bim Bam! Nimm den Mann, der gerappelt hat. Er fühlte sich belästigt."

„Awwer ich hab' doch garnix gesehe. Un gemacht oder gefraacht hab' ich aach nix."

„Doch, du hast hingeschaut!"

„Na was stellt der sich aach an den Straßerand, dass ich en sehe musst!"

„Oh mein Gott, es ist zum Verzweifeln", stöhnte ihre Mutter.

„Warum, der hat doch schön gerappelt."

Aus dem Hintergrund die Stimme von Klaus, ihrem Bruder: „Mann, is die blöd!"

Karambolagen

An der rechtwinkeligen, engen Kurve im Dorf passierten durch zu hohe Geschwindigkeit oder durch Nässe, die das Kopfsteinpflaster gefährlich glatt machte, häufig Unfälle. Die umliegenden Häuser wurden immer wieder beschädigt, da es wie im ganzen Dorf auch hier keine Trottoirs gab, die die Autos hätten abhalten können. Am schlimmsten war es, wenn die Amerikaner Manöver hatten und von der Kaserne in Gelnhausen ausrückten oder aus Richtung Hanau zurückkamen.

Für die Kinder war das jedes Mal ein Erlebnis.

Auf der Mauer von Annas Vorgarten sitzend, befand sich die Kleine etwa in gleicher Höhe mit den Soldaten, die auf den schweren Armeefahrzeugen und Panzern vorbeifuhren. *So viele, schöne, junge Mannsleut!!!* Sie lachte und winkte, warf ihnen Kusshändchen zu und war ganz kribbelig. Wenn der Konvoi halten musste, versuchte sie, da sie etwas Englisch gelernt hatte, sich mit den Soldaten zu unterhalten. Zurufe der Soldaten wie „Schönes Fraulein. Schatz. Hallo Baby. Du mitkommen. Du kussen!". Ein Vokabular, das scheinbar alle Soldaten außer Schimpfwörtern zuerst in einer anderen Sprache lernen, machte sie glücklich. Da interessierten sich Männer, nicht die dummen Buben aus dem Dorf für sie. Sie scherzte, flirtete und bildete sich ein, schon sehr erwachsen auszusehen.

Dass die Soldaten mehr an den älteren Töchtern von Anna interessiert waren, nahm sie nicht wahr. Dafür aber die Schokolade und Kaugummis, die die Soldaten ihr zuwarfen und die in den Blumen des Vorgartens landeten, wenn sie sie nicht auffing. Reste der Eisernen Ration, Marmelade, Milchpulver, Erdnussbutter und Brot, alles in kleinen olivgrünen Dosen verpackt, flogen durch die Luft. *Manöver-Futter.*

Wenn die Panzer um die Kurve fuhren, ratternd, quietschend, einen Höllenlärm erzeugend, der sich in der engen Dorfstraße fing und zurück geschleudert wurde, hielt sie jedes Mal die Luft an. Diese Ungetüme, die ihr Angst einflößten wie die Drachen in ihrem Märchenbuch, rutschten auf dem Pflaster, und Annas Mauer war ständig in Gefahr. Das war ein Geschrei in dörflicher und englischer Sprache, wenn wieder einmal ein Panzer oder Armeefahrzeug an ein Haus gefahren war.

Einen gehörigen Schreck bekam sie, als einer dieser vorsintflutlichen „Riesenechsen" eine Kette riss und gegen Annas Eisentor fuhr, das ausgerechnet an diesem Tag geschlossen war.

Es wurde aus seiner Aufhängung gerissen und *knallte* etwa einen Meter vor ihr und Tante Lolla in den Hof. *Ihr Tante Lolla, war die liebst' Tante weit und breit.* Sie war eine Tochter von Anna und hieß eigentlich Lore. Sie fungierte als Kindermädchen für *das Goldkind*.

Mir wollte grad Milch hole' gehe, un es wär fast e tödlich Milchhole worn, erzählte sie nach dem Unfall den wieder um ein Gesprächthema reicheren Zuhörern.

Schutzengel

Dass ihr Schutzengel, an den sie felsenfest glaubte, sehr wachsam war, zeigte sich immer wieder. In Annas Nachbarschaft, an ein Wohnhaus gebaut, führte ein etwa anderthalb Meter breiter Betonsockel von der hohen Treppe des Hauses an diesem entlang in den hinter dem Gebäude liegenden Gemüsegarten. Von dort kommend, sie hatte mit der Bäuerin ein Schwätzchen gehalten, rannte sie, da es ihr langweilig wurde, aus dem Garten. Wahrscheinlich war noch feuchte Erde an ihren Schuhen, denn sie rutschte auf dem ungeschützten, nicht durch ein Geländer gesicherten Betonweg aus und stürzte kopfüber in eine große mit Wasser gefüllte Tonne im tiefer gelegenen Hof. Ausgerechnet in diesem Moment kam zu ihrem Glück die Tochter des Hauses dazu und fischte sie heraus. Der Schock saß allen in den Knochen!

Ein anderes Mal entging sie wieder um Haaresbreite *dem Gevatter Tod*. Sie konnte die älteste Tochter des Uhrmachers Rissmann, der schräg gegenüber ihrer Wohnung im ehemaligen Metzgerladen *vom Hess* sein Geschäft hatte, nicht ausstehen, was auf Gegenseitigkeit beruhte.

Sie saß im Schlafzimmer auf der Holztruhe und *guckte spazier'n*. Der Berufsverkehr musste bald anfangen, und das war immer interessant. Sie lehnte sich ein wenig aus dem Fenster und sah das Mädchen auf der Straße. Ihr Blutdruck stieg augenblicklich! Wenn man sich nicht mag, finden sich immer Gründe, auch wenn sie noch so fadenscheinig sind, um sich, in die Wolle zu kriegen.

Nun, sie bekamen sich in die Wolle und nicht zu knapp, denn unser „gnädiges Fräulein" rannte nach dem Wortwechsel wutschnaubend über die Straße, um sich bei dem Uhrmachervater zu beschweren, was sie dieser blöden Ziege schon prophezeit hatte. Da es keinen triftigen Grund gab, in die Uhrmacherei zu gehen, außerdem hatte SIE mit dem Streit angefangen, fragte sie im Geschäft etwas Belangloses. Nur um der anderen, die sich sicherlich vor Angst irgendwo versteckt hatte zu beweisen, dass sie mit ihrer Drohung Wort hielt.

Befriedigt über ihren angenommenen Erfolg hüpfte sie die Treppe hinunter und fiel hinterrücks auf die Straße vor einen Motorradfahrer. Dieser hatte sie wegen einer leichten Rechtskurve nicht sehen können. Der Uhrmacher, der ihr verwundert nachgesehen hatte, und der Motorradfahrer mit schlotternden Knien dachten beide im ersten Moment, sie wäre tot. Ohne es bewusst registriert zu haben, hatte der Motorradfahrer instinktiv gehandelt und sie nicht überfahren.

Mit so em Schutzengel!! Obwohl das Ganze, ja e Straf von OWE' war.

Sie wurde zum Arzt gebracht, der eine Gehirnerschütterung und ein Loch im Kopf diagnostizierte. Ihr Bruder konnte es nicht lassen, eine Bemerkung wegen ihres Strohs im Kopf, das jetzt ein wenig durcheinander gekommen wäre, zu machen. Sie wollte ihm erst alle erdenklichen Schimpfworte an den Kopf *schmeiße*, besann sich aber dann eines Besseren, als sie an die nachfolgenden Auseinandersetzungen dachte. Sie spielte die stumme Leidende!

Er musste die nächsten zwei Tage auf Zehenspitzen herum laufen. Machte er auch nur ein etwas lauteres Geräusch, fing sie an, fürchterlich zu stöhnen, um hinter der Hand, die sie schmerzerfüllt und theatralisch auf ihre Stirn gelegt hatte, hervor zu schielen. „Rache ist Blutwurst", sagen die Bauern. *Sie auch! Ha, ha, ha ...*

„Wer will die fleißigen Waschfrauen sehen?"

Nach ihrer „Loch im Kopf"-Genesung wartete sie auf eine Freundin und schaute wie so oft aus dem Fenster. Sie wollte sie herbei gucken! Sie fiel bald aus dem Küchenfenster, als sie eine alte Frau beobachtete, die breitbeinig, den weiten Rock hinten und vorne von den Beinen weghaltend, über der Gosse stand. Noch verwundert über die merkwürdige Haltung nahm ihr Staunen kein Ende, als plötzlich ein Bächlein Richtung Gully floss und die Alte ruhig ihren Weg fortsetzte. Sie war so überrascht, *un konnt sich da drüwwer einfach net fertich mache*, als ihr bewusst wurde, dass die Frau keine Unterhose angehabt haben konnte. Sie versuchte auch einmal so zu *rabbeln*, wie sie es nannte. Aber es endete jämmerlich!

Der „warme Segen" lief ihr die Beine entlang in die Schuhe, worüber ihre Mutti, wiedereinmal, nicht sonderlich beglückt war. Sie musste ihre Schuhe mit Zeitungspapier zum Trocknen ausstopfen, ihre Strümpfe zur schmutzigen „kleinen" Wäsche tun und *Stubearrest war mal wieder fällich*.

Geradezu ungenießbar war ihre Mutter, wenn es um die „große" Wäsche ging. Sie dauerte meistens drei Tage und Gott sei Dank half ihr Anna, da sie auch noch im Geschäft arbeiten musste. Die Weißwäsche wurde erst in „Bütten gesilt", das heißt in Zinkwannen mit Waschpulver eingeweicht. Dann in dem kupfernen Waschkessel gekocht, in dem im Herbst die „Latwerch" (Pflaumenmus) gerührt wurde und der in den Wirtschaftsräumen der Gaststätte stand. Mit einem großen Holzlöffel wurde die Wäsche umgerührt und mit einem Stampfer durchgestampft.

Die Wasserschlepperei vom Brunnen des Hofs in die Waschküche war sehr anstrengend, und viele Eimer mussten getragen werden, bis die Wannen voll waren.

Die gekochte weiße Wäsche wurde anschließend ausgewaschen, ausgewrungen, glattgezogen, zusammengelegt und kam in die aus Weiden geflochtenen Mahnen. „Du stehst schon wieder im Weg herum, komm, wirf die Buntwäsche in die Bütt' und halt uns nicht von der Arbeit ab", sagte ihre Mutter. *Stinklaune, tybisch!*

Anna und ihre Mutter trugen die Körbe ein gehöriges Stück bis zur Bleiche, die sich hinter dem Haus, in dem der Schreinermeister Weidner wohnte, befand.

Um die Wäsche weiß zu halten und die vom Winter etwas gelbliche Wäsche wieder weiß zu bekommen, wurden die Stücke auf das Gras gelegt und häufig mit Wasser aus einer Gieskanne besprengt. Die Sonne bleichte sie dann aus.

„De klaane Krotze" liebte es, die Wäsche zu besprengen, da durfte sie mit Wasser *puddeln,* und was gab es Schöneres? Ein Riesengeschrei machte sie, wenn Hühner oder Vögel sich der Wäsche näherten. *Sch, sch, sch, fort mit euch.*

Beim Zusammenlegen der trockenen Wäsche durfte sie helfen. Solange sie nicht irgendetwas musste, machte ihr alles Spaß. Von den verzogenen Bettlaken und Bezüge nahm sie in jede Hand einen Zipfel, ihre Mutter tat das Gleiche. Dann wurde zu ihrer Freude und großem Vergnügen die Wäsche und sie hin und hergezerrt, bis sie das Leinen in etwa wieder auf gleiche Länge gebracht hatten.

Jetzt noch Zusammenlegen, mit Wasser Besprengen, Zusammenrollen und weg in den Korb zur Bügelwäsche. *Juhuuu, geschafft!!*

Was ihre Mutter noch lange nicht sagen konnte.

Nicht nur im Winter wurde die kleine Wäsche im ehemaligen Tanzsaal aufgehängt. Durch die geöffneten Fenster auf beiden Seite ließ der Durchzug die Wäsche trocknen. Bei Sonnenschein hing sie auf einem Seil, das vom Saal zur Scheune führte. Über Röllchen laufend, konnte man die Schnur herbeiziehen, die Wäsche aufhängen und weiterbefördern. Klein-Italien im Dorf!

Wenn es sehr kalt war, fror das Wasser in der Wäsche und „de Borzel" fand es *saukomisch* (wo hast du denn schon wieder diesen Ausdruck her), wenn Hemden und Hosen auf der Leine hingen, als würde noch jemand in ihnen stecken.

Krankenhaus

Sie hatte Scharlach. Oh weh! Wegen der hohen Ansteckungsgefahr war sie in das Kreiskrankenhaus eingeliefert worden. Auf die Isolierstation.

Es war färschterlich! Wehe, mer bekleckerte sich oder rief nach de Schwester. Mer hatt ruhich im Bett zu lische, wie e Engelche! Wünsche wurde net beacht! Durch die fremde Umgebung und die Trennung von ihrer Mutter, die sie bei ihrem Besuch nur durch ein kleines Fenster in der Tür sehen konnte, weinte sie ständig! Sie wurde nur die Heulsuse genannt.

Von einer Schwester, die sich über ihr Bett beugte, um etwas zu richten, wurde sie grob zurückgestoßen, als sie diese vor lauter Kummer umarmen wollte. Sie hatte Angst, nicht mehr heimzukommen, und wurde noch von den Schwestern darin bestärkt, die sagten, wenn sie nicht gehorchte, das heißt zu weinen aufhörte, müsste sie da bleiben!

„Ein ungezogenes Kind macht der Herrgott nicht gesund!"

Sie war noch nie von zu Hause *weggewesen*. Schon gar nicht allein und über Nacht. Bei Tagesausflügen waren immer ihre Mutter oder Leute, die sie kannte, dabei.

Sie begann die „Schwester-Nonnen" mit ihren großen Schwalbenschwanzhauben zu hassen, die sie nur mit Zwang und Lieblosigkeit zur Ruhe bringen wollten. Die ihr die grausamsten Höllenqualen, die sie erleiden müsste, prophezeiten! Sie hatte Angst einzuschlafen. Alpträume quälten sie. Und wenn sie vor Furcht zitternd nach der Schwester rief, wurde sie auch noch ausgeschimpft.

Das Essen im Krankenhaus schmeckte scheußlich! Da sie keinen großen Appetit hatte, wenn sie krank war, wollte sie sehr wenig von dem „*Fraß*". Wenn sie sich weigerte, den Teller leer zu essen, wurde ihr die Nase zugehalten und die Reste in ihren Mund gestopft. Sie wehrte sich, hustete, würgte und brach alles wieder aus. „Dieses ganz und gar schlechte Kind."

Jeden Tag warf sie nun die Essensreste und die dünnflüssigen, weichgekochten Eier, wenn es welche gab und vor denen sie sich ekelte, aus dem Fenster. Als das entdeckt wurde, schüttete sie alles in das Waschbecken, drückte die dickeren Reste durch den Siphon und ließ Wasser nachlaufen. Der Klempner musste kommen und das Rohr reinigen.

Nach vier endlos langen Wochen sollte sie heimkommen. Die Schwestern sagten, dass sie froh wären, ein so böses und schlechtes Kind endlich loszuwerden! Und sie wünschte sich so sehr, von diesen garstigen Nonnen wegzukommen, die zwar ständig mit gefalteten Händen herumliefen, die den „Herrgott" nur für sich haben wollten und so ungerecht in ihrer Nächstenliebe waren. Körbeweise nahmen sie Geschenke von den Bauern, deren Kinder im Krankenhaus lagen, entgegen. Je mehr sie bekamen, um so freundlicher wurden die jeweiligen Kinder behandelt ... *und wenn die auch noch katholisch war'n, stand ihne des*

Himmelreich offe'! Selbst das Essgeschirr war bei denen nie angeschlagen wie bei ihr, was sie empört bemerkte. Entweder brach die Krankheit noch einmal aus oder sie bekam Lungenentzündung. Auf jeden Fall musste sie noch länger im Krankenhaus bleiben. Sie wurde in ein anderes Zimmer *zu großen*, älteren Mädchen gelegt, die von den Schwestern die Order bekamen, auf sie aufzupassen.

Dann endlich, nach zwei zusätzlichen Wochen, holten ihre Eltern sie ab. Als unterwegs das Auto, der Firmenwagen der Friseur-Genossenschaft, stehen blieb und sie nur mit Müh' und Not und stotterndem Motor in die nächste Werkstatt in Lieblos kamen, war sie so verzweifelt, dass sie sich an ihre Mutter klammerte und geradezu hysterisch wurde. Ihre Mutter konnte sie nur mit Mühe beruhigen. Ihre Tochter hatte panische Angst, wieder zurück in das Krankenhaus zu dieser bösen Schwester Ostachia und den anderen Nonnen zu kommen. Sie wollte heim!

Das Kind übertrug das mit den Nonnen Erlebte auf die Katholiken. Die Menschen, die diesen Glauben hatten, waren für sie allesamt Heuchler. Nach all den Jahren bekommt sie noch immer ein flaues Gefühl, wenn jemand sagt, dass er katholisch ist. Sofort ist dieses Unbehagen wieder da.

Die Seuche

Sie hörte ihre Mutter, die von dem einen Saalfenster aus in den Hof schaute, aufgeregt nach der Wirtsfrau rufen: „Schnell, schnell Frau Roth, gucke sie mal, ihr Säu' und Hühner verrecke ja!" Neugierig sah sie aus dem Fenster. *Die Viehcher hatte' tatsächlich erschendwas, die musste' wärklich kurz vor'm Verrecke seu.*

Die dickste Sau, damals hatten die Schweine eine Rippe weniger und waren fetter, ging drei, vier Schritte. Die

Beine knickten unter ihr weg und sie lag auf dem Bauch. Mit den Vorderfüßen stemmte sie sich hoch. Sie kam auch noch auf ein Hinterbein, bevor sie nach einer Seite umkippte und hilflos in der Luft strampelte. Sich jetzt mit den Hinterbeinen aufrappelnd, fiel sie vorne auf den Rüssel.

Schnaufend lag sie eine Zeit still, um mit neuer Kraft, erst auf das eine, dann auf ihr anderes fettes Hinterteil zu fallen. Manchmal kniete sie auch und reckte *den Popo* in den Himmel. Das alles spielte sich nicht lautlos ab. Mit Grunzen und Quieken, den Kopf schüttelnd, dass die Ohren nur so flogen und dass es aussah, als könnte sie das Ganze selbst nicht verstehen, taumelte sie wie von der Fallsucht befallen im Hof herum. Den anderen Schweinen ging es nicht besser. Auch hier das gleiche Bild. *Die arme Viehcher!* Der Gockel (ihm gönnte sie es ja, da er ihr immer in die nackten Beine pickte, was ekelhaft weh tat) und die Hühner hatten sich scheinbar an den Schweinen angesteckt oder umgekehrt!

Das Federvieh hüpfte wie Hasen, sich auf ihren Flügel abstützend, durch den Hof. Es sah fast wie Bockspringen aus. Sie fielen um, erhoben sich wieder, reckten ihre Körper hoch in die Luft, dass ihre dünnen Beine doppelt so lang aussahen, knickten nach vorne, hinten oder zur Seite weg. Ihre Köpfe hingen, man konnte sagen, baumelten unkontrolliert auf ihren hin und wieder aufgeplusterten Hälsen herum. *Es musst e Seuch' ausgebroche seu. Sie kannt nur die Maul- und Klauenseuche, un so viel se wusst, konnte die Viehcher da net uffstehe. Für e Seuch' benahme die sich zu lebhaft. Awer so toll kannt' se sich halt mit dene Krankheite net aus.*

Sollte es etwa der Anfang der Maul- und Klauenseuche sein? Dann würden wieder die dicken, mit Sägemehl gefüllten und mit Desinfektionsmittel getränkten Säcke überall vor den Türen liegen, auf denen man sich die Füße abtreten musste, bevor man in die Häuser durfte.

Auf jeden Fall sah das Schauspiel trotz allem *saukomisch* aus. Sie konnte sich das Lachen nicht verkneifen, was ihr einen strafenden Blick ihrer Mutter einbrachte. Die aber auch – man konnte das deutlich an ihren Mundwinkeln sehen – damit kämpfte, ernst zu bleiben. Nur Struwwel, der Hofhund, der auf den roten Sandsteinstufen der Küchentreppe lag, bemerkte von allem nichts und schlief.

Die Wirtsfrau war aus ihrer Küche herausgekommen. Sie sah sich die Schweine und Hühner an, schaute, da sie in ihrer Arbeit gestört worden war, nicht gerade freundlich zum Fenster hoch und erklärte über soviel Unwissenheit den Kopf schüttelnd: „Die sind betrunken."

Verblüfft über diese Antwort und den guten Ausgang der „Seuche" fingen unsere zwei Frauen an, sich vor Lachen zu kringeln. Sie saßen noch einige Zeit am Fenster, um dieses Schauspiel zu beobachten. Immer wieder schüttelten sie sich vor Lachen, weil der Anblick einfach zu komisch war.

„Stinkbesoffene Viehcher, ich lach mich schepp", sagte der „Hippdekees".

Ihre Mutter und sie hatten keine Ahnung gehabt, dass die Schweine Tröpfelbier, Bierreste, zum Saufen bekamen, und die Hühner, die auch aus dem Trog tranken, demzufolge mitbetroffen waren. Die Kleine kombinierte, dass der Bierschinken nur deshalb so hieß.

Großeltern

„Hurra, die Oma kommt! Ach, wird des wieder schön. Kein' Möbel abstaube. Net spüle, net nach dem Feuer gucke, damit's net ausgeht. Wenn die Mutti im Geschäft is, sich des Essen net selbst warm mache müsse un … sie würd gewasche wer'n!!"

Nach der freudigen Begrüßung legten die Geschwister von einer Sekunde auf die andere ihre relativ große

Selbständigkeit ab. Sie vergaßen, wie man sich die Zähne putzt, Hand- und Fußnägel sauber macht. Stellten sich morgens und abends auf den Stuhl neben dem Ofen und ließen sich waschen. Sie konnten sich auch nicht erinnern, wie man sich an- und auszog, und, und, und!

Zu allem und jedem wurde die Oma in Anspruch genommen. Eine wunderbare faule Zeit hatte begonnen! Eine der ersten Fragen war stets: „Wie lange bleibst du hier Oma?" Sie wusste nicht, weshalb ihre Großmutter mütterlicherseits nur ab und zu ihnen kam. Manchmal blieb sie sehr lang, dann wieder nur eine Woche. *Wieso musst se ständich zu ihrer Tante, Muttis Schwester, un de zwei Kusine zurück?*

Im Gegensatz zu ihrem Bruder konnte sie die ältere Kusine nicht ausstehen. *Mit der konnt' mer üwwerhaupt nix anfange. Die hat immer geheult un war so dabbisch, dass die ständich hingefalle is. Mer konnt mit der awwer auch garnix spiele. Die war stinklangweilich. Mit der annere Kusine, die später uff die Welt kam, war auch nix los, awwer die konnt' ja nix dezu, die war noch zu klein!*

Sie tat sich schwer, etwas zu verstehen, was für sie unvorstellbar war. Ihre Kusine, die sie nicht mochte, war vier Jahre älter als sie und hatte außerhalb der Wohnung in fremder Umgebung Angst. Sie kannte dieses „Freie Spielen" der Dorfkinder nicht, hatte es nie kennen gelernt. Selbst in der Wohnung, in der sie nach Kriegsende einquartiert wurden, durfte sie nur *lautlos* spielen, musste sie sich mucksmäuschenstill verhalten. Die Hausbesitzerin tyrannisierte die Familie wegen der Zwangseinquartierung. Über jeden Ton, der aus der Wohnung kam, beschwerte sie sich lautstark und verschüchterte das *Verwandtschaftskind*. Auch deshalb konnte sie mit so viel Freiheit, wie die Kinder des Dorfes sie hatten, nichts anfangen.

Nach dieser Schilderung ihrer Mutter brachte die „Stoppelhopsern" viele „wenn" und „aber" vor. *Die bös'*

Frau. Unrecht. Frechheit. Warum sind die net weggezooche, wer därf dann klaane Kinner quäle. Die arme Kusine tat ihr leid und deren Mutter hielt sie für dumm, da diese nichts gegen *die aal Knodderbix*, die Vermieterin, unternommen hatte. „Kind, Kind, wenn des Lebe' immer so glatt verlaufe würd', hätte mer kei' Probleme, aber es gibt Umständ', da geht ewe net alles, wie mer will!" Die Umstände wurden nicht näher erklärt, und sie fühlte, dass weitere Fragen zwecklos waren. Ihre Mutter und die Oma waren aber irgendwie bekümmert, wenn es um die Tante ging. Später wurde über die Tante und den Onkel in ihrem Beisein nicht mehr gesprochen. Ihr Onkel, der nach dem Krieg kein Polizist mehr sein wollte und den sie zu ihrem Bedauern nur ein paar Mal gesehen hatte, aber sehr, sehr mochte, kam nicht mehr nach Rothenbergen.

Hin und wieder fiel das Wort Scheidung, mit dem sie aber nichts anfangen konnte.

Die Unterbringung ihrer Oma war für ihre Eltern ein Problem. Sie musste auf einem Gartenliegestuhl, mit Kissen und Decken notdürftig in ein Bett verwandelt, im Saal schlafen. Manchmal tauschte ihr Bruder, der auf der Couch in der Küche schlief, oder ihr Vater das *himmlische Schlafgemach* mit ihr. Oder ihr Bruder musste sich in der Besucherritze in der Mitte der Ehebetten einquartieren. Ein Vergnügen war es sicherlich für keinen.

Auch wenn des ihr liiiiiebst Oma war, musst' se Gott sei Dank net tausche'. Ihr Kinderbett war für die Oma viel zu klein. Außerdem hätte' keine zehn Pferde se in den dunkle Saal gebracht und auch noch ganz allein da drin!! Nie un nimmer.

Bei dem Gedanken stellen sich ihr sämtliche Haare zu Berge!

Ihre Oma sprach nie von ihrem Mann, der jetzt mit einer anderen Frau verheiratet war. Na, und ihre Mutter reagierte geradezu säuerlich, wenn sie nach dem nicht vorhandenen Opa fragte. *Soviel Merkwürdischkeide!*

Die Eltern ihres Vaters lebten, nachdem sie in Hanau ausgebombt worden waren, in Steinheim. Ihr Opa kam oft mit dem Fahrrad, um sie zu besuchen und zum „Hamstern". Er war durch irgendeinen humoristischen Auftritt bei einer Feier zu großem dörflichen Ansehen gekommen. Die Leute lachten immer, wenn sie über ihn sprachen. Sie selbst hat leider nie einen Auftritt ihres Opas, „dem „roten Müller", der vor den Nazis ein stadtbekannter Hanauer Humorist und ein Original war, erlebt.

Zu ihrem Bedauern war sie noch zu klein.

Sie liebte ihren einzigen Opa sehr. Er war immer zu Späßen aufgelegt.

Er hielt still, wenn sie an seinen dicken, ziemlich langen, borstigen Haaren seiner Augenbrauen zuppelte und zog, *weil die einfach so lustisch ausgeseje hawwe*. Manchmal holte sie auch einen Kamm und *gestaltete* die Brauen.

Owe uff dem Kopp, wo sonst Haar' sind, hatt' er e Glatz. Nur noch e Kränzi von kurz geschnittene, rötliche Haar'n war'n üwwerich, die ihm auch zu seum Künstlername verholfe hawwe.

Sie fand ihre Familie, obwohl *se so wenich Geld hatte*, unglaublich lustig!

Es verging kaum ein Tag, an dem nicht herzhaft gelacht wurde. Ihr Opa sagte immer: „Wenn mer schonn Falte krische, dann Lachfalte", *un die strahlte üwwer seu ganz Gesicht*. Seine Frau, die andere Oma, wurde von ihrem Bruder *heiß* geliebt. Er war sechs Jahre bei ihr groß geworden, während die Kleine noch nicht einmal ein halbes Jahr alt war, als sie in das Dorf kamen.

Diese Oma hatte einen „Gehapparat". Ihre Mutter wurde jedes Mal zornig, wenn sie erzählte, dass ihre Schwiegermutter durch die Fehlbehandlung eines Arztes ein steifes, kürzeres Bein bekommen und nie eine Entschädigung erhalten habe, obwohl dieser Fehler offenkundig war.

„Eine Krähe hackt der anderen kein Auge aus", war die einhellige Meinung.

Oma Lisbeth war ein Gemütsmensch. Sie war langsam, bedächtig, übergenau, von großer leiblicher Fülle und kam, wohin auch immer, auf die allerletzte Minute, was nicht nur die Familie, sondern auch Metzger, Bäcker, Kolonialwarenladen ... *kinnisch* machte. Der Tenor der Geschäftsleute war: „Mer könne endlich zuschließe, Frau Müller war da." Der Enkelin ging die Gemütsruhe ihrer Oma auf die Nerven. Es war nicht so, dass sie diese nicht gern gehabt hätte, aber ihr war „das Gehabe" ihrer Großmutter unverständlich.

Wenn sie bei ihren Großeltern in Steinheim zu Besuch war und sie etwas einkaufen sollte, kramte die Oma eine Ewigkeit in ihrem Portemonnaie herum und holte Pfennig für Pfennig heraus. Das Kind wurde jedes Mal auf eine harte Geduldsprobe gestellt, was die alte Dame nie zu bemerken schien.

Beim Weggehen brummelte die Kleine in ihren Bart: *„Es hätt' net viel gefehlt un ihr'n Gedulds-Eimer wär üwwergelaafe. Un ihr'n Gedulds-Fadden widdermal gerisse. Ei, jei, jei, jei!!!"* Um ihrer Oma nicht weh zu tun, sie nicht zu beleidigen, stampfte sie erst mit dem Fuß auf, als sie um die Hausecke war und nicht mehr gesehen werden konnte.

Zum Spielen lief sie immer durch das zur alten Stadtmauer gehörende Tor hinunter zum Main. Gänse und Enten tummelten sich am Ufer. Der Main hatte hier keine Strömung, und das Wasser wie das Ufer waren flach. Weder Weiden noch Büsche befanden sich am Uferrand, und man konnte weit über den Fluss sehen. Sie spielte im angeschwemmten Sand und im „Gänsegras". Die Pflanzen, die hier wuchsen, waren überwiegend magere Bodendecker und hatten außer der Farbe mit Gras wenig gemeinsam. Mit gesammelten Kieselsteinen legte sie Figuren auf dem Boden aus oder warf die flachen über den Main, so dass das Wasser vier, fünfmal aufspritze. Im Laufe der Jahre buddelte sie Hunderte von fast runden, weißen, dickeren

„Klickern" aus dem Boden, die sie als Schatz einsammelte und mit zu den Großeltern nahm. Keiner konnte ihr sagen, woher diese dicken Murmeln stammten. Man vermutete, dass sie ein Abfallprodukt der Firma Illert waren.

Doch zurück zu den Großeltern.

Wenn die Enkelin die Gespräche von Erwachsenen belauschte, wurde gesagt, dass die Oma sich hofieren ließe wie eine „Hochwohlgeborene" und jeder um sie herum „springen" müsste, wenn sie etwas wollte und man augenblicklich für sie da zu sein hätte. Von ihrer Mutter wurde sie in diesen Gesprächen oft „Madam" genannt. „Madam hier, Madam da, Madam owe, Madam unne, ich hab' auch noch anneres zu tun!!" Opa und Papa gaben der Mutti, wenn sie sich geärgert hatte, Recht, sorgten aber auch dafür, dass die Stimmung entschärft wurde. Außerdem, wohnte die Schwiegermutter auch nicht mehr im selben Haus. „Erleichterungs-Seufzer!"

Das nur nebenbei.

Die „Madam" hatte zum Leidwesen aller am 24. Dezember Geburtstag. Etwa ab elf Uhr gab es ein „Geburtstags-Defilee". Familienangehörige, Freunde und Bekannte mit ihren Geschenken wurden „empfangen" und am Heiligen Abend bekam sie, wie alle anderen auch, ihre Weihnachtsgeschenke. „Sie hat ja recht, awwer was des immer für e Geld koste dut", war die allgemeine Meinung!

Ein Bauherhof

Ihrer Wohnung gegenüber lag ein Hof, in dem sie oft mit dem Nachkömmling der Familie spielte. Um die Betreuung des Jungen gab es ständig Streit mit ihren Freundinnen. Sie kann sich aber nicht mehr erinnern, weshalb!

Willi war vier Jahre jünger und wollte sie heiraten, wenn er groß wäre. Mit einem anderen Spruch, den ihre Mutter häufig erzählte, hatte er sie zum Lachen gebracht. Er saß bei ihnen auf der Couch und betrachtete eine Zeitung.

Er ließ die Hände sinken und sagte mit einem Seufzer: „Jo, jo, dei Zeit giet erimm un mer wärd aal – Ja, ja, die Zeit geht herum und man wird alt." Ihre Mutter wollte sich schief lachen: „Bestimmt hat' er des von seu'm Obba uffgeschnappt."

In dem rechteckigen Hof seiner Eltern war „de Hibdekees" ebenso oft wie bei ihrer Anna, und viele Erinnerungen knüpfen sich an ihn und „Schleuchers".

Zur Straße hin wurde das Gehöft durch ein großes, schmiedeeisernes Tor begrenzt, das an roten Sandsteinpfosten befestigt war. Rechts daneben befand sich das kleinere Hoftor, anschließend der Zaun des Vor-, Kräuter-, Gemüse- und Blumengartens.

Dahinter stand das einstöckige Fachwerkhaus, das später leider abgerissen wurde. Daran angebaut die Milch-, Wasch- und Schlachtküche. Es folgten der Pferde- und Kuhstall mit darüber liegendem Heu- oder Kleeschober. Ein schmaler Durchlass von etwa eineinhalb Meter Breite zwischen den Ställen und der Scheune führte zu einer Sausuhle, dem Krautacker und einer kleinen Wiese, auf der Ziegen standen.

Links hinter dem Tor stand der Geräteschuppen. Es folgten Schweine- und Schafställe, über ihnen der Spreuboden und Hühnerstall. Die Scheune schloss den Hof inmitten der Gebäude ab. In ihr standen auf dem roten Lehmboden die Heu- und Ackerwagen, hoch oben auf der Tenne Strohballen. Ein Teil des getrockneten Grases war auf Holzbohlen aufgeschüttet. Ob auch irgendwo Grünfutter lagerte oder immer frisch von der Wiese verfüttert wurde, hat sie vergessen.

Vor der Scheune, einige Meter entfernt, war der Misthaufen. Um ihn herum war genügend Platz für die Pferde-, Kuh-, Puhl- (Gülle) und Erntewagen, die über den mit dunklen Granitsteinen gepflasterten Hof holperten. Rechts neben dem riesigen Scheunentor, in dem sich noch eine kleinere Tür befand, war ein kellerartiger Raum. In ihm wurden Kartoffel, Zuckerrüben und „Rommeln" (Dickwurz) gelagert, und auf mit Stroh belegten, lattenrostartigen Holzgestellen „ruhten" die herrlichsten Äpfel und Birnen. *Die war'n für die Winterzeit und wurde' von de' Bäuerin oft kontrolliert. Angefaultes wurd' weggeschnitte un kam zum Säufutter. Des Gute konnt mer roh esse, kam in die Mehlpfannekuche odder wurd' zu Äppelbrei.*

An die Aufgliederung des Wohnhauses kann sie sich nur schwach erinnern. *Merkwürdich, wo ich doch so oft da drinn war!* Zwei, drei Steinstufen führten zu der mit einem Blechdach geschützten, in der Mitte des Hauses liegenden, hölzernen zweiflügeligen Eingangstür mit abgesetzten Kanten. Vielleicht befanden sich auch noch Blatt- und Blumenschnitzereien auf ihr. Sämtliche Fenster waren klein, die Scheiben mit waag- und senkrecht angebrachten Holzleistchen geviertelt. Die Wohnküche ging links nach der Eingangstür vom Hausflur ab. Durch sie gelangte man, wie auch vom Hof aus, in die Milchküche, was wegen der Temperatur im Sommer bei Hitze und im Winter wegen Schnee und Kälte von Vorteil war. Rechts vom Hausflur befand sich die „Gut' Stubb", in der alle Feste gefeiert wurden. *Des geheimnisvolle Zimmer!* Ob es im Erdgeschoss noch mehr Zimmer gab, wie viele Räume im ersten Stock lagen und von wo aus man in den Keller oder die Speisekammer ging, weiß sie nicht mehr. Da aber das Bettzeug in der oberen Etage des Hauses ausgeschüttelt und gelüftet wurde, waren sicherlich hier die Schlafzimmer für die Eltern, den Opa, den Jungen und seiner Schwester Elli.

Sie hat se all sooo gern gehabt, die ganz Familie!

Sommertage

Die Heuernte stand vor der Tür! Sie würde wieder mit einer Bauernfamilie auf's Feld fahren und mithelfen. Jede Hand wurde gebraucht, auch so kleine wie die ihre. Beim Mähen konnte sie sich noch nicht nützlich machen, obwohl sie mit der Handsichel umgehen konnte, aber mit dem Holzrechen, dessen Stil fast doppelt so lang wie sie war, durfte sie sich schon „amüsieren".

Die Bauern und ihre Helfer führten die Sense mit weitausholenden, schwungvollen Armbewegungen durch das Gras. Abgeschnitten lag es auf der Erde und wurde von der Sonne ausgedörrt, einen kräftigen, würzigen Duft verbreitend. *Oh, sie liebte den Geruch, der mit Wärm', Licht und Trockenheit verbunde war.*

Damit alle Seiten des Grases von der Sonne getrocknet werden konnten, wurde es mit dem Rechen umgewendet, dann zu langen Reihen zusammengerecht und mit Heugabeln, die vier oder fünf sehr, sehr lange Zinken hatten, zu Haufen aufgetürmt.

Diese Haufen waren zum Leidwesen der Bauern ein wunderschöner Spielplatz für die Kinder. Durch das Hineinspringen, sich in ihnen Verstecken, Durchwühlen und Herumkrabbeln wurde das Heu wieder verteilt und die Bauern hatten noch einmal Arbeit. „Verdammt awwer aach e nenn!" Diesen Fluch der Bauern fand sie sehr interessant. Obwohl die Hölle mit keinem Wort erwähnt wurde, hieß er: „Verdammt sollen sie sein, in die Hölle mit ihnen!"

War das Gras getrocknet, wurde es auf den Heuwagen in das Dorf geholt. Diese „Pritschenwagen", die in ihrer Mitte mit zwei dicken Holzbohlen belegt waren und auf vier eisenbeschlagenen Holzrädern fuhren, hatten auf beiden Seiten Halterungen, an die waagrecht oberhalb der Räder Verstrebungen angebracht wurden, die wie sehr breite Holzleitern aussahen. Um das Heu hoch aufladen zu können, konnte man die „Leitern" mit aneinander genagelten Holzlatten nach oben hin verlängern.

Es ging los. Auf den noch leeren Heuwagen, auf denen sie sonst „Wagen-kri-as", ein Fangspiel, spielten, fuhren alle „ins Heu". Bei dem Aufladen, dem Beladen der Wagen konnten die Kinder nicht viel helfen. Nur das Heu, das von den langen Gabeln herunterfiel, durften sie zusammenrechen oder, wenn es oben auf den Wagen geworfen wurde, gleichmäßig verteilen.

Mittagsläuten! Mittagsrast! Alle setzten sich in den Schatten des Heuwagens oder unter einen Baum und ließen es sich schmecken. Aus einem großen Vesperkorb wurde Brot, Wurst, Kuchen und „Kaffeekoppcher", große, meistens „Blechtassen", ausgepackt. Der „Muggefugg" wurde aus einer Zehnliter-Milchkanne geschöpft und gierig getrunken. Staubige, sonnenverbrannte, mit Schweißperlen übersäte, zufriedene Gesichter. Hände, die von der Arbeit rissig waren, die zupackten, die fleißig, flink und auch zärtlich sein konnten. „Des Goldkind", was sie so selten war, liebte die Art der Männer, wenn sie nach ihren Feldern sahen. Den prüfenden Blick über die Äcker und Wiesen. Das Zerkrümeln und Riechen, Schmecken der Erde. Die ruhige Gelassenheit, mit der eine Arbeit begonnen wurde. Die Schritte stampfend und fest, als würde die Zeit nicht verrinnen. Dieses selten aus der Ruhe zu bringende, behäbige und doch alles sehende, aufnehmende *Naturstück* Mensch: „*En Bauer!*"

Sie wurde aus ihren Gedanken gerissen. Die erholsame Rast war zu Ende.

Das Beladen der Wagen ging bis zum Abend weiter. Hin und wieder ein prüfender Blick zum Himmel. Wenn ein Gewitter aufzog, was nicht selten der Fall war, und dunkle Wolken über den Bahnhofswald stiegen, spielte sich das Ganze in größter Eile ab, da das Heu trocken in die Scheunen kommen sollte. Die Kinder durften, ganz oben auf dem Heu, in der Mitte des Wagens sitzend, mitfahren. Ihre Mutter sah es überhaupt nicht gern und hielt Todesängste aus, da einmal ein Mädchen vom Wagen fiel und verkrüppelt blieb. Aber für die Kinder war es jedes Mal ein Erlebnis, das Dorf aus dieser Perspektive zu sehen und den Leuten, die im ersten Stock wohnten, in die Fenster zu gucken.

Diese heißen Tagen, an denen die Luft flimmerte und vibrierte, die Teerdecke in der Bahnhofstraße aufweichte und das Dorf wie ausgestorben in der Mittagshitze lag, wenn kein Vogel zwitscherte und selbst die Fliegen nicht lästig waren, blieben unvergessen.

Eine tiefe Stille breitete sich aus.

Träge lag der rötliche Staub auf der Dorfstraße, der sich nur widerwillig erhob, wenn etwa ein Hund, sich ein kühleres Plätzchen suchend, auf ihr entlang trottete.

Wenn das Bedürfnis nach frischem, kaltem Wasser bestand und man selbst wie ein Maikäfer auf dem Rücken liegend sich nicht bewegen wollte.

„Sommertage!"

Nach der größten Hitze, wenn die Sonne nicht mehr so brannte, traf sie sich mit ihren Freundinnen am Brunnen in der „Ecke", in der auch das kleine Geschäft ihrer Eltern war. Auf dem mit großen Quadern aus roten Sandsteinen umbauten erhöhten Brunnen stand oben die hölzerne Pumpe mit ihrem langen Schwengel. Aus einem nach unten gebogenen Eisenrohr lief das Wasser, wenn man pumpte, auf die Steine und spritzte nach allen Seiten. Sehr zum Vergnügen der anwesenden Kinder. Mit ihren nackten Füßen *patschten* und planschten sie im herrlichen Wasser, spritzten sich gegenseitig nass und ließen das Wasser über Hände, Arme, Füße und Beine rinnen. Oder sie machten sich mit Seifenpulver eine wunderbare Seifenblasen-Lauge. Sie holten sich aus der nächsten Scheune Stroh und schnitten mit einer Schere lange, dicke Halme ab. Die

Röhrchen wurden in die Brühe getunkt. Vorsichtig blies man in die Strohhalme hinein und konnte nun die schönsten, in allen Farben schillernden Seifenblasen-Luftballons machen. Sie fingen die schwebenden Kugeln ein, ließen sie zerplatzen, spielten mit den elastischeren Kopf- oder Fußball, bis sie in Tausende von Tröpfchen zerstoben. *„Juchhe, Juchhe, Juchhe!!!"*

Drahteselfahren

Hinter dem Geschäft befand sich „des klaa Gässche", das später wegen seines schwarzen Schotterbelages „Kohlegässi" hieß. „Des klaa Gässi" war damals ein schmaler Trampelpfad, der an Gemüsegärten, Kuhweide, Wiesen, und an einem Bach vorbeiführte. Der Pfad, der teilweise mit Stacheldraht eingezäunt war, führte zum „Wäldche" und dem früheren Flugplatzgelände.

Hier lernte sie Rad fahren. Von irgendjemand hatte sie einen alten Drahtesel bekommen und versuchte nun, mit dem rechten Bein unter der Querstange hindurch das Pedal zu treten. Sie hing wie ein Fragezeichen auf dem Herrenfahrrad.

Zuerst hatte sie es an einen Holzpfahl des Zauns gestellt und war auf das Rad geklettert. Saß sie im Sattel, hingen die Füße weit über den Pedalen in der Luft.

Aber selbst, wenn sie sich auf die Stange setzte, waren die Beine immer noch zu kurz. *Was ehrlich gesacht auch net sein musst, des tat nämlich weh.*

Dunnerlitschen awwer aach. Es war wirklich ein Problem. *Also gut, streckt se eben des Bein unte durch. Lenker links und rechts anfasse, Pedal runter trete. Verd ... Gleichgewicht verlor'n! Auaaa, de Stacheldraht!!*

Auch das Festhalten des Fahrrads durch zwei Freundinnen hatte vorläufig keinen Sinn. Sie musste erst einmal

lernen, unter diesen schwierigen Umständen die Balance zu finden. Sie versuchte, durch leichte Rechtslage des Rads ihr Gewicht auszugleichen, setzte ihren linken Fuß auf das linke Pedal und stieß sich mit dem anderen ab.
Fast wie Tretrollerfahr'n!

Nach einigen Stunden hatte sie den Bogen raus. Mittlerweile gab es an ihrer Haut noch ein paar Stacheldrahtkratzer mehr und keine freie Stelle, die nicht durch Brennnessel malträtiert war.

Nachdem sie nun wusste, wie sie das Gleichgewicht halten konnte, kehrte sie zu ihrem schon einmal versuchten Fahrstil zurück. Ihre Freundinnen hielten das Rad hinten am Gepäckträger fest, sie begann zu treten. Nachdem die Mädchen noch ein Stück mitgerannt waren, ließen sie los, und die Kleine strampelte, wie eine Verrückte in die Pedalen tretend, das Gässchen entlang.

Du darfst net in den Zaun fahr'n. Nur noch bis zur Wies'. Besser in des Gras als in den Stacheldraht odder in die Brennnessel falle. Uuii, wie bremst mer eigentlich?

Durch Übung wird man Meister!

Auch sie lernte es. Allerdings hatte sie am Anfang mit den Damenfahrrädern Schwierigkeiten, da ihre Fragezeichenhaltung auf ihnen nicht notwendig war.

Spielereien

Hatten eines oder mehrere Kinder mit einem Spiel angefangen, zogen die anderen nach. Es war ulkig, dass überall im Dorf plötzlich die gleichen Spiele gespielt wurden. *Vielleicht hatt' des middem „Lauffeuer" was zu tu'e?*

Manche Spiele, wie das Drachensteigenlassen, waren von der Jahreszeit abhängig. Ihr Bruder bastelte kunstvolle Kastendrachen. Sie konnte nur die „Einfachen", mit Leistchen vom Schreiner, Zeitungs- oder Buntpapier,

Mehlkleister und Paketschnur. *Hauptsach, er flog mit seum Schleifche-Schwanz.* Auf den Wiesen zur Kinzig hin ließen sie die Drachen fliegen. *Drache uff die Erd lege, bissche Schnur abspule, renne, was des Zeug hält. War er in de Luft, mit viel Gefühl noch mehr Schnur gewwe, dass er höher steiche konnt und net abstürzt.* Die Buben machten natürlich wieder einen Wettkampf daraus. Welcher Drachen flog am höchsten oder weitesten. *Sie glaubt, die hawwe die Schnur gemesse.*

Doch zurück in den Sommer. Wie so oft hatte sie sich mit ihren Freundinnen in der „Ecke" verabredet. Sie lief in der Bahnhofstraße an dem großen Walnussbaum vorbei und blieb, da der Schmied gerade ein Pferd beschlug, ein paar Meter vor dem Treffpunkt stehen und rief die Mädchen herbei. Soweit sie sich erinnern kann, glaubt sie, dass es auch noch einen Schmied in der Bornsgasse und Schulstraße gegeben hat. Vielleicht haben diese aber auch nur Ackergeräte repariert und die Eisenreifen für die Holzräder der Fuhrwerke angefertigt? Sie interessierte sich für alle Arbeiten, die die Bewohner in ihrem Dorf verrichteten, ohne das Bedürfnis zu haben, selbst alles zu können.

Der Schmied hatte das Pferd an einem Eisenring, der an der Hauswand befestigt war, angebunden. Er hob den Lauf des schweren Ackergaules auf seine dicke Lederschürze und entfernte die Nägel und das lockere Hufeisen mit einer Zange. Mit einem kleinen, gebogenen, sehr scharfen Messer schnitzte er wucherndes, weicheres Horn ab und kratzte den Huf aus. Ihre Mutter nannte das „Pferde-Pediküre". Wie beim Mensch die Schuhgröße stellte der Schmied beim Pferd die Hufeisengröße fest. Wenn seine Form nicht ganz zum Huf passte, machte er es im Schmiedeofen rotglühend. Auf dem Amboss wurde das Eisen in die richtige, zum Huf passende Form geschlagen, geschmiedet und anschließend kurz in kaltem Wasser abgeschreckt und mit einer Zange, da es noch sehr heiß war, auf den Huf gelegt. Es zischte und die Kinder fuhren erschrocken, die Nase rümpfend, zurück. Das angesengte Horn stank fürchterlich. Meistens wurden auch die Pferde unruhig. Der Bauer tätschelte die Hinterhand oder den Hals und sprach beruhigend auf es ein, bis es zu tänzeln aufhörte und still stand. Der Schmied schlug noch die viereckigen Eisennägel ein, und mit einer groben Feile bekam der Huf den letzten Schliff. Froh, die Prozedur überstanden zu haben, trabte das Pferd vom Bauern geführt davon.

Die Gangart des Pferdes nachahmend, liefen die Kinder „wiehernd" zum Gässchen. Ein Hüpfseil diente als Zügel und nachdem sie sich mit „Brrr, Hü, Hot" und allen erdenklichen Hopsern müde gerannt hatten, wurde beratschlagt, was man als nächstes machen könnte. „Klickern oder Dopsche?" Zum „Dopschen" müssten sie ganz unten auf die Bahnhofstraße gehen, da nur dort der Belag glatt, das heißt geteert, war. „Aich hunn kaan Dopsch mie, un en Schtecke misst aich mer aach nuch souche unn Kordell hun aich aach neit – Ich habe keinen Dopsch (Kreisel) mehr, und einen Stecken müsste ich mir auch noch suchen, und Schnur habe ich auch nicht." Sagte eine ihrer Freundinnen.

Na, ja!!! Kein's der Mädchen hatte große Lust, so weit zu gehen.

Klickern war ein Murmelspiel.

Bunte Ton- oder Glaskügelchen wurden aus einer festgelegten Entfernung mit den Fingern in kleine flache, runde Erdlöcher geschubst oder geschnipst. Als Variante nahm man umgestülpte Schuhkartons, schnitt ein Loch in die Kante, stellte sie auf den Boden und versuchte, die Kugeln in das Loch zu bekommen.

Gewonnen hatte, wer die meisten Kugeln im Loch hatte, und als Preis durfte er sämtliche in der Kuhle oder Karton befindliche Kügelchen behalten. In gehäkelten oder gestrickten Säckchen wurden sie bis zum nächsten Spiel aufbewahrt.

Dopschen war ein Kreisel-Spiel.

Der Dopsch war ein gedrechseltes, oben flaches, in etwa drei bis fünf Zentimeter im Durchmesser sich nach unten verjüngendes rundes Stück Holz. An der Seite wahren Rillen eingefräst und unten an der „Spitze" befand sich ein eingeschlagener Metall-Rundnagel. Um dopschen zu können, benötigte man eine Peitsche.

Am oberen Ende eines „Schtecke" (Stock) wurde eine Kordel angebunden, deren Länge etwa fünfzig bis sechzig Zentimeter betrug. An ihr anderes Ende kam ein Knoten. Die Schnur wurde um den Kreisel (Dopsch) gewickelt, dieser mit der Spitze auf die Erde gesetzt und leicht festgehalten. Mit einer schnellen Armbewegung wurde die Kordel vom Dopsch abgezogen, der sich tanzend drehte. Mit der Schnur vom „Schtecke" wurde er geschlagen, gepeitscht. Sieger war der, dessen Dopsch sich am längsten drehte, kreiselte, tanzte.

Sie überlegten, ob sie sich alte Blechbüchsen holen sollten, um auf ihnen Stelzen zu laufen. *Des war e guud Idee. Blechbüchse' laache irgendwo im Hof e rum.*

Mit einem Nagel und einem Hammer, den sie sich vom Schreiner Weidner ausgeliehen hatten, schlugen sie zwei gegenüberliegende Löcher in den Dosenboden. Ihre Mutter gab ihnen noch Kordel. Beide Enden der Schnur wurden durch die Löcher gezogen und innen in der Büchse verknotet. *Büchs umdrehe, demit de Boden owe war. Füß' draufstelle. Kordel in die Händ'. Fertich. Büchse-Stelze-Laufe.*

Unüberlegterweise schlugen sie den Nagel, mit dem sie die Löcher in die Dosen gemacht hatten, in einen der Baumstämme, die vor dem Schuppen des Brunnenmachers lagen.

Er tobte! Sein Sägeblatt würde kaputt gehen, es wäre eine Sauerei, sie sollten machen, dass sie fortkämen und er markierte die Stelle, an welcher der Nagel saß. Ihre Mutter, der Schreiner und ein paar Leute aus der Ecke schauten, wer so herumbrüllte. Kopfschüttelnd gingen sie an ihre Arbeit zurück, nachdem der Brunnenmacher, immer noch schimpfend, mit der Faust den Kindern drohend, „die Sauerei" erzählt hatte und wieder in seinem Schuppen verschwunden war. *Jetzt kreischt seu Sääch irgendwie lauter als sonst!*

Ihre Mutter sagte mal wieder: „Kind, Kind", worüber sie sich ärgerte und in den Bart brummelte: *Ja, ja! Mit-Gegange, Mit-Gehange.* Das bedeutete: Auch wenn man etwas nicht selbst getan, aber davon wusste und nichts dagegen unternommen hatte, war man mitschuldig. *Ach ich arm' Häufche Ünglück,* bedauerte sie sich wieder einmal selbst.

Schade, die nächsten Tage konnten sie die Baumstämme nicht mehr wie einen hohen Berg besteigen oder auf ihnen balancierend entlanglaufen. Wenn ihre Mutter sah, dass ihr'n „klaane Hobsch" auf ihnen herumkrabbelte, sagte sie nur: „Denk' dran"! *„Ja, ja, immer des Gleiche, schon gut, ich geb' acht",* sagte ihre Tochter.

Ihr Goldkind war nämlich nach einem Streit mit einer ihrer Freundinnen auf eine Baumkante gefallen, was ein Loch in ihrer Stirn zur Folge hatte. *„Na, des hat damals e Gebrüll gegewwe. Net nur wege' dem Loch im Kopp und dem Blut, was ihr iwwer des Gesicht gelaafe is. Naa, naa! Die Unverschämtheit, dass ihr best Freundin net die gleich Maanung wie sie hat, hat se maßlos empört."*

Blessuren hatten die Kinder das ganze Jahr hindurch. Zerschundene Knie, Ellenbogen und Schienbeine waren an der Tagesordnung. Haarspangen, die Flechten der Zöpfe, und, *Juchheee,* auch ihre Schleifchen lösten sich in ihren Haaren, wenn sie in den Wiesen herumtobten.

Manchmal war in der Mitte einer Wiese das Gras niedergedrückt, oftmals vier- oder rechteckig, wie von einer Kolter!? Die großen Kinder sagten dann: „Da haben sich wieder zwei vergnügt." Wie ... das gesagt wurde, machte sie stutzig. *Des musst ebbes mit „diesen Dingen" zu tun hawwe.* Denn wenn sie fragte, wie vergnügt die beiden wohl gewesen wären, lachten sie und erklärten von oben herab, sie sei noch zu klein für diese Sache. *Was gabs da noch, was die Erwachsene machte und sie net wisse durft? Blöde Bande, sollte die's doch für sich behalte. Sie würd schonn noch dehinner komme!*

Es war etwas Herrliches, durch das hohe Gras zu hüpfen, sich zu verstecken und mit Gebrüll hervorzukommen oder sich anzuschleichen wie ein Indianer. Nur von den Bauern durfte man sich nicht erwischen lassen. Sie hatten etwas gegen zertrampeltes Gras. Manchmal legte sie sich auf die Wiese und sah in die Wolken. Hummeln, Bienen, Fliegen und Käfer in allen Größen brummten, summten und krabbelten auf den um sie herum wachsenden Blumen. Sie freute sich über die Wiesenlerchen, die sich vom Boden kerzengerade in die Luft schraubten und ihr unglaubliches Lied erklingen ließen. *Ach, is des alles schee!!*

Bei Regen, und nicht nur dann, waren der Torbogen, der Saal und die Scheunen für die Kinder schöne Spielplätze. Unsere Kleine fand die Scheunen am Interessantesten, in denen man so herrlich herumtoben und auch „Affe" sein konnte! Über Leitern oder dicke Seile kletterte man auf die Tenne, schwang sich mit dem Tau von der einen Seite des Heubodens zur anderen und suchte die jungen Kätzchen, die von ihrer Mutter irgendwo versteckt worden waren. Von hoch oben aus dem Gebälk sprangen sie in das Heu oder Stroh, was nicht ungefährlich war, denn die dicken Eichenbalken, die das Dach der Scheune stützten, befanden sich ungefähr zehn bis zwölf Meter über dem Erdboden. Aber wenn man so frei wie die Kinder des Dorfes aufgewachsen ist, lernt man Risiken und Gefahren einzuschätzen. Die „klaa Gewalt" hatte ja außerdem ihren Schutzengel und war von Natur aus ein lebhaftes, aber kein wagemutiges Kind. Sie ließ sich auch nicht beirren, wenn andere Kinder sie mit „Feigling" zu etwas bewegen wollten, was sie sich nicht zutraute.

Sie spielten Verstecken oder lagen vor einem Mauseloch und warteten! Sie bewarfen sich mit Heu oder kuschelten sich hinein, hüpften auf den abgestellten Heuwagen herum oder spielten „Wagen-kri-as".

„Fang uns auf dem Wagen" war ein herrliches Spiel. Ein Kind wurde mit dem Zählreim „Ehne, mehne, muh und aus bist du" der Fänger. Außer ihm befanden sich alle anderen Kinder auf dem Heuwagen und versuchten, ihre Beine nicht durch die Sprossen der wie Leitern aussehenden Verstrebungen baumeln zu lassen. Das gab ein Gekreisch, Gerenne, Gehobse und Beine-Hochziehen, wenn der Fänger durch die Sprossen griff und sie „patschen" wollte. Wenn er lauernd unter dem Wagen sich nicht rührte und sie nicht nachsehen konnten, da er sie eventuell gerade dann „krapschte" und sie den „Patscher" spielen mussten, *war das das aller-, allerschönste Spiel zum Austoben.*

Der Staub, der von ihrem Toben und dem Herumklettern auf den Bohlen des Heubodens in die Luft geschleudert in den Sonnenstrahlen, die durch Ritzen, Löcher und die offene Tür hereinfielen, tanzte und schwebte, wurde von dem kleinen Mädchen, das vom Spiel erhitzt im Heu lag, in seiner ganzen Stille beobachtet. Das Gemisch von Heu, Stroh, Staub, Holz und festgestampftem Lehmboden ergaben einen für sie unvergessenen Geruch und vermittelte ihr eine tiefe Geborgenheit.

Sie rannte aus der Scheune und sah zu der gegenüberliegenden Wohnung, da sie die Stimme ihres Bruders gehört hatte. Er ging jetzt in Gelnhausen auf die Mittelschule. Neben dem Lernen, den Pfadfindertreffen und seinem Steckenpferd, Radios Auseinandernehmen und zu irgendwelchen anderen Geräten wieder Zusammenbauen, hatte er nur noch wenig Zeit für seine Kumpel aus dem Dorf. Seiner Schwester verweigerte er wieder einmal Erklärungen, als sie Interesse an seinen neuen Basteleien zeigte, die ihn einige Jahre später zum Amateurfunk führten (DJ4AT). Aber zurück.

Ihr Bruder lehnte aus dem Fenster und unterhielt sich im dörflichen Dialekt mit einem Jungen, der auf der Straße stand.

Junge: Hei dow kumm mol e rapp, aich well derr ebbes sooche – Hallo Du, komm einmal herunter, ich will Dir etwas sagen.

Bruder: Aich hunn kaa Lust, aich kumm spärrer – Ich habe keine Lust, ich komme später.

Sie wollte sich schieflachen, als sie ihn so sprechen hörte.

Junge: Aich well derr doch nour ebbes leis sooche, werrer deuner Schwästrr – Ich will Dir doch nur etwas leise sagen, wegen Deiner Schwester.

Ein kurzer Blick des Bruders zur Schwester, er überlegte und sagte dann ...

Bruder: Dou kann'st merr's rouich sooche, dei kreit ihr Schmäss, wonn se neit hiert – Du kannst es mir ruhig sagen, sie bekommt Schläge, wenn sie nicht gehorcht.

Junge: Ei um veijer Auerr wolle merr Durfsouchjes spille, awwerr uhne deii klaane Kenn – Also, wir wollen um drei Uhr „Dorf-Versteck" spielen, aber ohne die kleinen Kinder.

Bruder: Aich werr merr's iwwerleje – Ich werde es mir überlegen.

Aha, hm, hm, Dorfsuchjes wollte die spiele ohne die klaane Kinner. Die Rotzbuwe! Sie überlegte sich schon, wie sie die Größeren ärgern könnte, als sie einen warnenden Blick ihres Bruders auffing, der sie beobachtet hatte und in ihrem Gesicht lesen konnte, dass sie etwas vorhatte. Davonschlendernd, als könnte sie kein Wässerchen trüben, verzog sie sich. Schade, sie hätte gerne mitgespielt.

Dorfsuchjes:

Von den zwanzig bis dreißig Kindern musste etwa ein Drittel suchen, die anderen versteckten sich im ganzen Dorf oder vorher vereinbarten Straßen, Häusern, Gärten. Bevor das Spiel losging, wurde erst einmal ausgezählt, wer sich verstecken konnte und wer suchen musste. Damit das nicht zu lange dauerte, nahm man einen kurzen Abzählreim: „Babbedeckel, Babbedeckel, du bist aus!!"

Was dieser „Babbedeckel" bedeuten sollte, blieb ihr verborgen. Vielleicht hatte es etwas mit früheren Rekrutierungen zu tun, da man noch heute einen Ausweis als Pappedeckel bezeichnet.

Die Sucher zählten bis hundert, um den anderen Kindern die Gelegenheit zu geben, ein geeignetes Versteck zu finden. Eine Hauswand oder Mauer war der „Freiplatz", an denen die Kinder, die nicht von den Suchern entdeckt worden waren, sich freischlagen konnten. So mancher erreichte das Ziel.

Weil er schneller als de Sucher renne' konnt'. Ha, ha!!

Es dauerte oft Stunden, bis alle zurück waren.

Gebackenes

Neben dem Anbau der Gaststätte, nur durch einen offenen Hof getrennt, wohnte ihre beste Freundin, die Bäckerstochter mit Eltern und Bruder. Ihr Opa, der „Moaster" (Meister) genannt wurde, wohnte zwischen dem Wohn- und Feuerwehrgerätehaus. Er hatte einen Spitz, dessen Gekläff das Nachbarkind häufig zum *Knoddern* brachte.

Sie hätt' dem Vieh den Hals rumdrehe könne! War de Moaster im Booche, e Bierche trinke, saß des bleede Vieh unnerm Tisch un hat nach aam geschnappt. Mindestens die Leftze hat er hochgezooche, dass mer seu spitze klaane Zäh' sehe konnt. Komischerweis hat der aan nur mit eugezoochene Schwanz aageklääft. Des

Mistvieh! Die Abneigung gegen kleine, kläffende Hunde hat sie bis heute.

Die Mutter ihrer Freundin bediente, mit einer weißer, vorgebundener Rüschenschürze bekleidet, im Laden und hatte selten Zeit für ihre Tochter. Sie sah es auch nicht gern, wenn die Kinder in der Küche, die man nur durch den Laden betreten konnte, spielten. Selbst oben im ersten Stock, in dem das Mädchen ihr eigenes Zimmer hatte, war es nur in den seltensten Fällen erlaubt. Die einzige Möglichkeit, die noch blieb, war mittags in der Backstube zu spielen. Aber so richtig Spaß machte es nicht!

Sie mochte den Vater ihrer Freundin sehr. Er sagte immer „klaa Zwiwwel" zu ihr und „Schnudeputzer" zu ihrem Vater; er selbst wurde „Daatscher" (Teigkneter) genannt. Im Gegensatz zu seiner Frau war er, wie Schnudeputzers-Tochter meinte, ein lustiger Mensch. Wenn sie ihre Freundin zum Spielen abholen wollte und noch warten musste, besuchte sie ihn in der Backstube, in der es so gut nach Brot und Brötchen roch.

Der Bäcker und seine Helfer trugen schwarz-weiß-klein-karierte Hosen, ein weißes Unterhemd, eine weiße Jacke und auf dem Kopf kleine, ebenfalls weiße, runde Hütchen, die wie doppelstöckige Pralinenschachteln aussahen.

Sie sah zu, wie Apfel-, Zwetschen-, Streuselkuchen und Stückchen auf den großen Blechen in oder aus dem Elektrobackofen geschoben und geholt wurden. Zum Abkühlen kamen sie auf Holzregale zwischen Backstube und Verkaufsraum. Sie staunte, wie die Torten mit verschiedenfarbiger Buttercreme verziert und mit welcher Geschicklichkeit die Ornamente auf sie gezaubert wurden.

Die Mehlsäcke standen in einer Ecke. Die riesige Topfschüssel, in welcher der Teig gerührt wurde, lief ständig. Es wurde ge- und abgewogen, abgemessen, geformt und geknetet. Sie dachte an das Märchen vom Wolf und den sieben Geißlein, wenn sie die mit Teig und Mehl verklebten Hände sah. *Genau so musst' dem Wolf seu Pfot' ausgesehe' hawwe, die er dene Geißekinner gezeigt hat.*

Sie stellte sich noch schnell, bevor sie fort ging, auf die große Waage, um ihr Gewicht zu prüfen. *Vielleicht war se schonn so schwer wie en Mehlsack?*

Etwa um elf Uhr, nachdem alle Geräte sauber gemacht und die Backstube ausgekehrt war, fuhr man das letzte Mal die bestellten Brote und Brötchen in viereckigen Weidekörben über Land.

Fast jeden Morgen kam der Bäcker nach seiner Arbeit in ihre Wohnung. Da die Tür auch bei ihnen nie abgeschlossen war, legte er sich in der Küche auf die Couch und schlief. Weshalb er das nicht zu Hause tat, wusste die Kleine nicht, vermutete aber, dass ihn seine Frau nicht schlafen ließ und er in ihrer Wohnung ungestört war. Sie konnte die Bäckerei ja nicht allein lassen. Manchmal schickte sie jemand, der zum Einkaufen gekommen war, um ihn zu holen. Kam das Kind von der Schule heim, störte ihn das nicht. Er sagte höchstens „Na, klaa Zwiwwel", drehte sich herum und schlief weiter.

Die „klaa Zwiwwel" mochte seine Frau nicht so sehr und ging ihr möglichst aus dem Weg. Sie fand, *dass se ziemlich beschisse mit allem war.* Das hieß, empfindlich auf alles reagierte und ihre Tochter nichts machen durfte. Die Freundin war, wie ihr Vater, überwiegend bei ihnen oder sie ging in die Nachbarschaft zur Alma.

Mer durft bei der Bäckersfrau nix dorchenanner und schonn garnix dreckich mache. Beim kleinste Dorchenanner hat die uns schon ausgeschimpft, dabei hatt' se e Mädchen, was ihr im Haushalt geholfe hat.

Sie verstand nicht, weshalb diese Frau, die doch alles hatte, einen so unzufriedenen Eindruck machte. Ihre Mutter regte sich immer wieder darüber auf, dass die Bäckersfrau ihre Haarfarbe, Frisur und auch ihre Kleidung nachmachte. Hatte ihre Mutter sich etwas gekauft, trug die Nachbarin kurze Zeit später das gleiche oder ähnliches.

Genau so machte sie es auch mit ihrer Tochter. Bekam die Kleine einmal etwas Neues, was nicht oft vorkam, hatte es ihre Freundin kurz darauf auch.

Für den „Hibdekees" war die Bäckerfamilie reich. Wohn- und Schlafzimmer waren „städtisch" eingerichtet. Ganz anders als bei den Bauern und ihr daheim. Überall lagen Teppiche auf den Fußböden. In ihrem Kleiderschrank hatte die Hausfrau viele elegante Kleider und sogar einen Pelzmantel. Auf dem Toilettentisch im Schlafzimmer standen wunderschöne, geschliffene Glasdosen, in denen Puder und Schmuck war. In einer Schale lagen Lippen- und Augenbraunstifte. Auch ein Parfümflakon mit Inhalt und seinem umhäkelten Gummiballon stand dort. *Wie im Märchen!*

Manchmal schlichen sich die Kinder an der Ladentür vorbei und gingen in die Privaträume. Voller Stolz zeigte ihre Freundin die hübschen Dinge. Lippenstift, Puder und Parfüm wurden natürlich ausprobiert. Sie verhielten sich sehr ruhig, aber die Bäckersfrau *musst' Ohr'n wie en Elefant gehabt hawwe.* Es dauerte nicht lange, und sie rief nach ihrer Tochter: „Siiiiigriiiiiid!" Ihre Stimme war dann so hoch, dass die Kleine jedes Mal eine Gänsehaut bekam.

Ihre Freundin fuhr in Urlaub, lernte Skifahren, bekam die neuste Mode gekauft, die sie aber nicht schmutzig machen durfte, und klaute bei unserer Kleinen ständig. Irgendetwas von ihren Spielsachen fehlte immer, die die Kleine ohne etwas zu sagen zurückholte.

Die Bäckerstochter nannte die Mutter der Kleinen „Tante Sofie" und kam mit ihren Kümmernissen zu ihr. Der Tochter vom Schnudeputzer wäre es nie eingefallen, zur Bäckersfrau „Tante Marie" zu sagen. Das wäre ihrer Meinung nach zu freundlich gewesen. Sie fand einen Kompromiss und sagte vor den Nachnamen „Tante". *Des langt!*

Den Bruder ihrer Freundin sah sie nur selten. Sie erinnert sich, dass erzählt wurde, er hätte beim Indianerspielen einen der Zwillingsbuben von „de Fasse Lotte" am Sportplatz aufgehängt. Dem Jungen ist Gott sei Dank nichts passiert, aber die Dorfbewohner waren nachtragend, was den Täter betraf.

Viele Jahre später kam die Kleine in Begleitung ihres Mannes am Hochzeitstag ihrer ehemals besten Freundin Sigrid in das Dorf. Sie wollte in der Gaststätte „Zum Bogen", in der sie früher gewohnt hatte, etwas trinken und erfuhr, wer da im Anbau Hochzeit feierte. Sie wurden eingeladen, und weil sie reimen konnte, schenkte sie der Bäckerstochter diese Zeilen, ohne zu ahnen, dass sie nur noch ein paar Jahre leben würde.

Sigrid, Freundin aus Kindertagen,
wie schnell die Jahre vergeh'n.
Ich seh' dich heut' noch im Schürzchen und Kleid,
mit mir zur Schule geh'n.
Wie unbeschwert wir als Kinder doch waren,
nur Lieder und Spiele hatten wir im Kopf.
Wie oft sind wir im „klaa Gässche" Rad gefahren,
mit verfallenen Knien und zerwuscheltem Zopf.
Nun stehst du vor mir mit Ehemann,
ein neuer Zeitabschnitt fängt für dich an.
Es wird schon gut gehen. Ich wünsch dir viel Glück,
und wenn du einmal Sorgen hast,
dann denk an uns're schöne Kinderzeit zurück!

In der Zwischenzeit wurde Sigrid Lepple's Grab, oben auf dem Friedhof, abgeräumt.

Feundinnen

Wenn sie sich mit ihrer besten Freundin, der Bäckerstochter, stritt, flogen im wahrsten Sinn des Wortes die Haare. Die zwei „Kampf-Gickel" rupften sie sich gegenseitig aus. Da das schrecklich weh tat, schrieen sie das ganze Dorf zusammen, um am nächsten Tag wieder Hand in Hand *einher zu wandeln*.

Wenn eine ihrer Freundinnen weinte, versuchte sie stets, sie zu trösten und von ihrem Kummer abzulenken. Hatte sie damit keinen Erfolg, plärrte sie aus Sympathie mit. Es konnte ihr allerdings passieren, dass sie das Minenspiel der Freundin, die roten, verweinten Augen und die Schnüffelei mit der Nase so *saukomisch* fand, dass sie inmitten der schönsten Heulerei vor Lachen losprustete. Meist blieb *der Leidende'* vor Verblüffung der Mund offen stehen, die Tränen versiegten, und sie musste unwillkürlich mitlachen. Sie schneutzten sich die Nasen, wobei das Taschentuch der Freundin wieder einmal Allgemeingut war, da sie, wie üblich, keins hatte – und vergessen waren Kummer und Leid!

Wenn sie über den Grund des vorherigen Schmerzes sprachen, kam es allerdings hin und wieder vor, dass ihnen das ganze Elend wieder bewusst wurde und sie sich beide in eine erneute Heulerei hineinsteigerten. Aber dann waren die Tränen die flossen, *genussvoll*. Sie taten nicht mehr weh.

Wenn es regnete, ging sie mit ihren Freundinnen, je nachdem, was sie spielen wollten, unter den Torbogen der *Wärtschaft* oder in den ehemaligen Tanzsaal, in dem wegen angeblicher Einsturzgefahr keine Feste mehr stattfinden durften. Zu ihrer Verwunderung zog einige Jahre später „*de Kappe-Winkler*" mit seiner Mützenfabrik hier ein.

Die Kinder rannten und sprangen über Tische, Stühle, bauten sich mit Decken oder alten Bettlaken, die sie von ihrer Mutter bekamen, Häuser und Höhlen. Sie hängten sie sich über die Schultern, spielten König oder Hochzeit. Sie klimperten auf dem Klavier, wenn es nicht abgeschlossen war, spielten mit ihren Puppen „Mutter und Kind", stellten die Stühle hintereinander auf, um eine lange Eisenbahn zu haben, mit der man wegfahren konnte. *Sch, sch, sch! Sch, sch, sch!*

Waren sie zu dritt, gab es jedes mal Ärger. Rivalität!!

Meistens war eine Freundin aus der Nachbarschaft die Leidtragende. Weshalb sie sich vertreiben ließ und nicht einfach stur wie unser Dickkopp weiter spielte, lag wohl „*an ihr'm Wese'*", wie die Kleine ganz vornehm ihrer Mutter berichtete.

Die natürlich sagte: „Ihr sollt euch vertragen." Im Saal hatte das Nachbarkind sowieso keine Chance, kein Hausrecht wie der „Deiwelsbrate". Die Bäckerstochter, um die der Streit meistens ging, wurde auch von der anderen als beste Freundin angesehen, und keine wollte sich *des Abspensdichmache* gefallen lassen.

Wenn die nur net jedes Mal losgeheult hätt'! Die war spielverderberich un heulsusich, war das schlimme Urteil der Kleinen. *Arm' Anita!* Der Streitfall allerdings blieb meistens bei unserem kleinen Teufelsbraten.

Ging „de klaane Borzel" in die Bäckerei zur Freundin Sigrid und das andere Mädchen war schon da, wurde diese bald von beiden ausgegrenzt. Sie blieb immer das dritte Rad am Wagen, sehr zum Ärger ihrer Mutter. Alma war dann ziemlich wütend auf die Tochter des Schnudeputzers. Spielten die Kinder zu zweit, viert, fünf und mehr, gab es diese Zankerei nicht.

Einer anderen Freundin, die auf dem Eckgrundstück neben dem Saal der Gaststätte wohnte, machte es nichts aus, drittes Rad am Wagen zu sein. *Mit der konnt' mer auch kein Streit anfange. Wenn der ebbes zu dumm wurd, isse einfach heim.* Das blonde Mädchen hatte noch einen Zwillings- und einen älteren Bruder. Ihr Vater war vermisst, was großes Leid in die Familie brachte. Sie hatten eine kleine Schneiderei, und ihre Mutter bewirtschaftete mit den Großeltern zusammen einen kleinen Hof. Die Kinder mussten viel helfen, deshalb hatte das Mädchen selten Zeit zum Spielen. Sehr oft wurde Anni von ihrer Mutter heimgerufen. *Des war schonn schaad!*

Die vierte Freundin, die Irene Wech, kam aus einer Flüchtlingsfamilie und war mit Vater, Mutter und zwei Brüdern über der Waschküche der Gaststätte in ein ehemaliges Gästezimmer einquartiert worden. In Verbindung mit dem Gästezimmer fiel ihr ein, dass zur gleichen Zeit in einem anderen die Hanni, eine Deutsche, mit ihrem amerikanischen Mann wohnte. Ihre Mutter und sie hatten sich angefreundet, und noch viele Jahre kamen Fotos und Briefe aus Amerika. Das nur nebenbei.

Die Familie der Flüchtlings-Freundin Irene bekam nach dem Abrücken der Amerikaner auf dem ehemaligen Fliegerhorstgelände eine Wohnung. Ihre Mutter machte in einem der Zimmer einen kleinen Lebensmittelladen auf. *Von der bekam mer immer Gutsjer.* Was der Vater arbeitete, hat sie vergessen, aber er gründete einen Turnverein. Der „klaane Hibdekees" ging gerne turnen, nur dass sie sich in einer Reihe ausrichten mussten und sie durch ihre Größe immer am Ende stand, gefiel ihr nicht. Die Disziplin, von der auch in der Schule geredet wurde, war ihr nicht geheuer, da es etwas mit „müssen" zu tun hatte. Das Strammstehen klang ziemlich nach Befehl und hatte natürlich mit dem militärischen Strammstehen, von dem ihr Vater in Erinnerung an den vergangenen Krieg die Nase gestrichen voll hatte, *über-haupt-nichts-zu-tun*. Wie lange der Turnverein bestand oder sie turnen ging, hat sie auch vergessen! *Awwer sie war gelenkich wie en Aff.*

„Du sollst nicht falsch Zeugnis reden"

Von Diebstahl oder Betrügereien hat „die Klaa" niemals etwas mitbekommen. Obwohl der eine oder andere nicht sehr ehrlich war, wie sie bemerkte. Aber das bezog sich auf das, was er sagte. Die Türen der Häuser waren nicht verschlossen. Jeder gab auf den anderen acht. War bei der Ernte die ganze Familie auf dem Feld, blieb eventuell die Oma oder Tante im Haus. Auch beobachteten die Nachbarn hinter den Gardinen, ob ein Fremder ins Dorf kam. Unbeobachtet blieb keiner.

„Was Schutz und Mahnung zugleich war", *wie de Pfarrer gesacht hat.*

Wenn sich Zigeuner dem Dorf näherten, geriet alles in helle Aufregung. Die Wäsche wurde von den Leinen genommen und die Kinder von der Straße geholt. Die Haustüren wurden verschlossen und nur durch die Fenster mit ihnen geredet. Die Fensterflügel hielt man in der Hand, um sie sofort schließen zu können. Es wurde sich nicht, wie bei einem Schwätzchen mit der Nachbarin, aus dem Fenster gelehnt. Der „Borzel" glaubte nicht, was die alten Leute erzählten, dass die Zigeuner Diebe wären und kleine Kinder stehlen würden! Zu ihrer Mutter kam schließlich schon ewig eine Zigeunerin!

Ihre Mutter kaufte von dieser Frau, die jahrelang zu ihnen kam, Spitzen. Es entwickelte sich eine Art von Freundschaft zwischen ihnen. Sie ging auch niemals in ihrer eigenartigen Sprache schimpfend fort, wie sie es oft bei den Nachbarn tat. Selbst dann nicht, wenn ihre Mutter ihr nichts abkaufte. Die Kleine sah einmal, wie die Zigeunerin ihren Ärmel hochstreifte und ihrer Mutter Zahlen zeigte, die auf ihrem Unterarm standen. Ein einziges Mal gab es Ärger. *Da hat se noch e jünger' Zigeunerin debei, die war awwer so frech, dass ihr Mutter ihr verbote hat, die jemals widder mitzubringe.* Was auch nicht geschah. Vielleicht imponierte der Zigeunerin die offene Art ihrer Mutter, die ohne Umschweif zu ihr gesagt hatte: „Komm, setz' dich her zu mir und zeig mir die Sache', du weißt ja, dass ihr en schlechte Ruf habt und ich bin auch net unvoreingenomme', obwohl du ehrliche Auge' hast." So saßen beide immer am Küchentisch.

Das Kind fand, dass die Zigeuner wirklich sehr fremdartig in ihren weiten, bunten Röcken und Blusen aussahen. Die bräunliche Haut, die schwarzen, wunderschön glänzenden langen Haare, die unter dem Kopftuch rausguckten, der Goldschmuck, den sie überall an den Fingern ums Handgelenk und am Hals trugen, faszinierte sie. Sie sah sich sehr intensiv die glutvollen schwarzen Augen an, die für sie die größte Ausdruckskraft hatten.

Sie misstraute den Redereien der Erwachsenen sowieso, da die Leute oftmals über jemanden herzogen oder schlecht redeten. Wenn der dann auftauchte, sagten sie genau das Gegenteil oder fingen von etwas anderem an. Sie fand die Zigeuner jedenfalls sehr interessant, und *schließlich waren auch die Gottes Kinder, un mer sollt sie liebe! Dass da immer Unnerschied' gemacht wern.*

Ihre Mutter sagte nach diesem salbungsvollen Spruch ihrer Tochter wiedereinmal: „Kind, du predigst so schee, du kannst Pfarrer wer'n."

Bösartige Lügen und Verleumdungen waren ihr fremd. Sie schwindelte, wenn sie Angst vor Stubenarrest hatte oder sich in ein besseres Licht rücken wollte oder sie sagte nur die halbe Wahrheit, verschwieg einiges oder milderte ihr Verhalten.

Vielleicht hätte sie auch gelogen, aber ihr *Lieber Gott* wollte das ja nicht, und außerdem hatte sie ein miserables Gedächtnis. Um sich nicht zu verplappern, wäre das aber nötig gewesen. So war selbst das Schwindeln ihr zu unbequem, da sie dann tagelang mit einem schlechten Gewissen herumlaufen musste.

Ihre Mutter hämmerte ihr immer wieder ein: „Wer den Mut hat, etwas zu tun, was er nicht darf, sollte auch den Mut haben, es einzugestehen!"

Wenn sie ein Verbot missachtet hatte und es tatsächlich einmal nicht ihrer Mutter zu Ohren gekommen war, konnte sie es trotzdem nicht lange verschweigen. Diese ständige Ungewissheit – erfährt sie es noch oder erfährt sie es nicht – bereitete ihr Bauchweh und so platzte sie dann mit ihrem so schwer getragenen Geheimnis heraus, sie erzählte alles. Sehr zur Zufriedenheit ihrer Mutter. Von ihr wurde sie erst ein wenig getadelt und dann wegen ihrer Offenheit gelobt. *Ach, war des e gut' Gefühl, die Last los zu seu, erleichtert hätt' se die ganz Welt umarme' könne'!*

Ihre Mutter merkte sowieso, wenn mit ihrer Tochter etwas nicht stimmte. *Jedenfalls meistens ...* Wenn ihr Kind ihr nicht in die Augen sehen konnte, verlegen von einem Fuß auf den anderen tretend vor ihr stand oder ihr aus dem Weg ging, wusste sie, „da war was im Busch", wie sie sich auszudrücken pflegte.

Für das Kind war das nicht immer angenehm!

Es wurde für sie schwierig, wenn sie von einer ihrer Freundinnen etwas wusste, was sonst keiner wissen sollte, und sie schwören musste, es niemandem zu sagen: „Wehe du petzt!" Wenn ihre Mutter nur schon fragte: „Na, Kind hast du was?", wurde sie puterrot, sagte aber kein Wort. Höchstens nach einiger Zeit: *Ich hab' nix angestellt.* Nachhakende Fragen beantwortete sie in diesem Falle auch nicht. „Du un deu Sturheit", sagte ihre Mutter. *Oh, ja, sie konnt' zimmlich stur sein!*

Die drei Ws

Sie liebte es, spazieren zu gehen. Hatte keine ihrer Freundinnen Zeit, führten ihre „Alleingänge" oft an der Weet vorbei über die Wingert zum Wald.

Bevor sie auf der Straße hinter der Bäckerei mit ihrer „Per Pedes-Tour" begann, winkte sie dem Opa ihrer Freundin Anita zu, der immer am Fenster saß und von allen *Großvvadder* genannt wurde.

Die Weet war ein künstlich angelegter rechteckiger Teich zwischen Born- und Weetgasse. Dunkelgrün war sein Wasser. Die Gänse der umliegenden Höfe schwammen auf ihm herum, Enten putzten sich das Gefieder, tauchten. „Alle meine Entchen schwimmen auf dem See, Köpfchen in das Wasser, Schwänzchen in die Höh." Mit ihren Armen machte sie Schwimmbewegungen, neigte den Kopf zur Erde und reckte dabei ihren Po in die Höhe. Ihre zusammengeklappten Hände wippten über ihm, um den Schwanz der Enten nachzuahmen.

Mit lautem Geschnatter stoben oder flogen sie auseinander, wenn die „frech Krott" auf sie zurannte. Die Weibchen hatten überwiegend braunes, weißes und schwarzes Gefieder und sahen im Gegensatz zu den schönen, in grün, blau, rötlich und schwarz schillernden, mit ein paar weißen Federn gezeichneten Erpel nichtssagend aus. „Die Männer sinn immer die schennst", war der Tenor der „eitlen Gockel".

Ob der Teich nur für die Enten angelegt wurde oder ein Wasserreservoir für die Feuerwehr war, darüber dachte sie nicht nach. Befriedigt über ihr angerichtetes Durcheinander bei den Enten und Gänsen ging sie weiter zum Sportplatz.

Ihr Papa hatte auf ihm mit dem Verein des Dorfs Fußball gespielt. Sie hatten Fotos daheim. Ob es nur ein Freundschaftsspiel war, wusste sie nicht.

Sie machte ein paar Turnübungen an den Querstangen der Umgrenzung. Rolle vor- und rückwärts, mit einem oder beiden Beinen. Balancieren war auf den Rundhölzern schon eine Kunst. Mit allen Vieren hangelte sie sich an ihnen entlang. Nach Hand- und Kopfstand wirbelte sie radschlagend über den Sportplatz, immer darauf bedacht, den Truthähnen nicht zu nahe zu kommen, die auf der gegenüberliegenden Seite neben den Puten und Hühnern im Sand pickten. Das „tuck, tuck, tuck" ging unter Rotfärbung des unterhalb des Schnabels liegenden Hautsacks und der rechts und links baumelnden „Glöckchen" in schnelleres, durchdringendes „grok, de grok, de grok, grok, grok" über. Radschlagend, mit vorgestrecktem Hals, die Federn der Flügel seitlich im Sand schleifend, drohten sie ihr. *Schee aussehe tat's schonn.*

Immer in Bewegung rannte sie über den Bach, der ein kleines Stück verrohrt war, hoch zur Hauptstraße am Anfang des Dorfs. Vorsichtig überquerte sie die Straße und stieg auf einem Treppchen an dem „Bienen-Haus" vorbei, steil nach oben auf einen Weg. Sie war in „der Wingert".

Früher mussten hier dem Namen nach Rebstöcke gestanden haben. Jetzt war der steil abfallende Hang mit Gras und Obstbäumen bepflanzt. Neben den Wegen wuchsen Tollkirschen, Weißdorn, Brombeerhecken und Wildröschen, die nach ihrem Verblühen übervoll mit ihren roten Hagebutten waren und deren Samenhärchen grässlich juckten, wenn sie an die Haut kamen.

Sie konnte damals alle Vögel, die hier ihre Nester hatten, an ihrem Gefieder und den aus dem Nest geworfenen leeren Eierschalen unterscheiden. Viele auch an ihrem Gesang. „Amsel, Drossel, Fink und Star und die ..." Onkel Fritz, Annas Mann, der überall Nisthäuschen aufhängte, hatte ihr das beigebracht. Eidechsen, Frösche, alle erdenklichen Arten Käfer hüpften und huschten über den Weg in das Gras oder in die Hecken.

Sie legte sich in das Gras und verschmolz mit der Erde, hörte dem Gezwitscher der Vögel und dem Brummen der Hummeln und Bienen zu, beobachtete den Taumelflug der Schmetterlinge und die Schönwetter-Wolken, die am Himmel langsam vorüberzogen und sich zu sonderbaren Gebilden formten: Zwerge, Feen mit wehenden Haaren, Rokoko-Perücken, dicke und dünne Männer- und Frauengestalten. Gesichter, mal hässlich, mal lächelnd. Gesichter mit dicker, runder, kleiner, großer, spitzgeformter, gebogener oder gerader Nase, mit und ohne Warzen als Zier, brachten sie zum Lachen. Kuhköpfe, Eulen, Waschbottiche *un was weiß de Teufel noch alles* schwebte, sich ständig verändernd über sie hinweg. *Mer konnt' dadebei so schee träume.*

Sie sah über Wiesen, Felder, den Fluss und den Bahnhofswald, aus dem sich die Gleise in die Ebene hineinstreckten, hinüber auf die andere Talseite zum Steinbruch von Meerholz, der abends in der untergehenden Sonne glutrot strahlte. Ein für das Kind immer wieder faszinierender Anblick. Sie wurde jedes Mal sehr still und ließ dieses Naturschauspiel auf sich einwirken, bis die Schatten des Abends über sein dunkler werdendes rotes Steingesicht und seinen grünbewaldeten Kopf fielen.

Sie schlenderte Gras kauend oder im Frühjahr Veilchen pflückend, die es hier in so unglaublichen Mengen gab, dass die Mädchen sich dicke Kränze flechten konnten, über die Wingert, ging auf einem Feldweg einer mit Stacheldraht oder Holzlatten eingezäunten Weide vorbei in den jetzt nicht mehr so weit weg liegenden Wald.

„Des Gallche", wie er genannt wurde und der richtig Galgenberg hieß, musste einen historischen Hintergrund haben, da früher eine wichtige Handelsstraße an ihm vorbeiführte. Sie glaubte, dass sie die „Alte Leipziger Straße" genannt wurde. Wahrscheinlich wurden hier weithin sichtbar Wegelagerer oder sonstiges Gesindel an einem Galgen aufgeknüpft.

Sie stromerte unter den Kieferbäumen herum, sah nach den Wurzelhöhlen, in denen Zwerge und Feen wohnten. Sie kletterte auf den Mauerresten des ehemaligen Schießstandes des Schützenvereines herum, von den sie irrtümlich glaubte, dass er aus dem Krieg übriggeblieben wäre. Ihrer Meinung nach hätten die Soldaten von hier oben den Fliegerhorst, auf dessen Gelände heute eine Fabrik und eine Siedlung steht, mit Artillerie schützen können.

Die „Stoppelhopsern" rannte, da die Dämmerung sich schon zur Dunkelheit neigte, durch den Hohlweg, die „Schienhohl", nach Hause, wo ihre Mutter sicherlich schon lange nach ihr gepfiffen hatte und es hoffentlich keinen Ärger gab.

Also so was ...

Da sie sich, was mittlerweile bekannt sein dürfte, im Dunklen fürchtete, eine „Angstschissern" war, rief sie nachts nach ihrer Mutter, wenn sie mal musste.

„*Mutti, Licht anmache, Rabbelche mache!!!*" Die arme Frau wurde mehr als einmal aus dem Schlaf gerissen, knipste die Nachttischlampe an und das Kind kletterte aus ihrem Gitterbettchen und ging schnurstracks auf ihr *emaillenes Rabbeldibbche. Tab, tab, tab, auf nackische Füß' zurück in's Bett, Licht aus!* Alle weiterschlafen.

Da der Weg zum „Herzchenklo" im Hof weit und es auch dunkel war, stand für den Notfall ein Toiletteneimer im Saal. Befand sich im Nachtgeschirr tatsächlich einmal ein größeres Geschäft, wurde dieses am nächsten Morgen auf den Misthaufen geschüttet. Das abendliche Geschirrabwaschwasser und das Wasser, mit dem sie sich vor dem Schlafengehen gewaschen hatten, kamen in einen normalen Eimer. Er stand in der Küche, und sein Inhalt wurde unter dem Torbogen in einen Gully geschüttet.

An irgendeinem Morgen nahm ihre Mutter diesen Abwaschwassereimer und ging die steile Treppe hinunter. Sie unterhielt sich, ihn in der Hand haltend, mit zwei Frauen, welche die Auslagen im Fenster des Textilgeschäftes betrachteten. Als ihr der Eimer zu schwer wurde, schüttete sie ihn über dem Gitter des als Gully bezeichneten Abwasserkanals aus.

„Ich dacht, mich trifft de Schlag. Als ich die Auche von dene gesehe' hab', hab' ich auch uff den Gully geguckt, un was glaubt ihr, was da lag, ei ich schäm mich ja jetzt noch. Da lag, so e Sauerei awwer auch, e ganz gehörich groß Worscht! Ei wenn ich des gewusst hätt, hätt ich en doch uff dem Mist ausgeschütt, den Eimer!"

Die Empörung und die Schande waren groß. Sich hundertmal bei den Frauen mit „na awwer so was" entschuldigend, was soviel wie „einfach unglaublich hieß," entschwand sie nach oben. Ihr Bruder, der Läuszippel, war der Übeltäter gewesen!

Na, der bekam was zu hör'n, als der aus de Schul' kam.

Ein „Rinnsal der faulen Männer", die, um den Weg in den Hof zu sparen, aus dem Wirtshaus kommend hinter der hohen Treppe *hinpissten*, floss ständig in den Gully unter dem Torbogen.

Dort hob sie einen zu einer Kugel geformten Kaugummi auf und steckte ihn in den Mund. Ihre Mutter, die sie kauen sah, fragte, was sie kaute und wo sie ihn her hätte. Sie bekam wieder einmal ihre Zustände und hätte ihrer Tochter am liebsten den Mund mit Scheuersand ausgeschrubbt.

Herrje, was die Frau sich wieder anstellt, sie hatt doch den Kaugummi, eh se den in de Mund genommen hatt, an de Schürz abgewischt! Mit einer wedelnden Handbewegung zeigte sie ihrer Mutter, wie sich die Säuberungsaktion abgespielt hatte! Aber die brachte außer „äh" und „bäh" und einem angewiderten Gesichtsausdruck nichts zustande!!! Die

Kleine musste die Zähne putzen, mit Mundwasser den Mund ausspülen, gurgeln und bekam auch noch zu allem Überfluss das Gesicht mit „desinfizierender" Kernseife abgewaschen. *So en Mist awwer aach!*
 Sie beeilte sich aus der Wohnung zu verschwinden.
Vielleicht fiel ihrer Mutti sonst noch was eu!

Korn, Kuchen und Brot

Vor oder nach dem zweiten „Kummet" (Heuernte) wurde das damals noch langstielige Korn gedroschen. Nach dem Mähen hat es, die Ähren nach oben, mit Strohseilen umwickelt und zu hohen Garben aufgerichtet, auf den abgeernteten Feldern zum Trocknen und Abholen gestanden. Jetzt kam die Dreschmaschine ins Dorf. So genau kann sie sich nicht mehr erinnern, ob der Ablauf und die Vorgänge beim Dreschen, wie sie sie schildert, richtig sind. Ihre Wissbegierde auf Technik war groß, aber ihre Fragen wurden von ihrem Bruder durch seine verächtliche Art *tot geschlagen*. Davon wollte sie nichts mehr wissen!
 Die Dreschmaschine machte einen Höllenlärm und es war unglaublich staubig.
 Bei jedem Luftholen kratzt es im Hals. Die Garben wurden auf die Maschine geworfen, und durch Rütteln über einem Sieb wurden die Körner vom Halm getrennt. Die abfallenden Hülsenreste, das Spreu, wurde mit einer Absaugvorrichtung oder einem Gebläse (*sie hatt keine Ahnung, wie des funktioniert*) auf den Spreuboden befördert. Deshalb der Staub. Die Körner fielen in Säcke, wurden zugebunden und das Stroh kam gebündelt in die Scheunen.
 Wie schon gesagt, so genau weiß sie es nicht mehr, und das Dreschen war für sie auch nicht so wichtig. Sie freute sich auf das nachmittägliche Kaffeetrinken. *Da gab's nämlich de goude Riwwelkouche.* An den duftenden Hefeteig-

stücken mit dem hohen Butterstreuselbelag hätte sie sich tot essen können.

Des war en Kuche!

Da sie neben der Bäckerei wohnte, konnte sie sehen, welche Bauern die großen Bleche zum Backen brachten und wusste deshalb genau, wo gedroschen wurde. Sie ging *ganz zufällig* in den jeweiligen Hof, um guten Tag zu sagen und bekam, was ja auch Sinn der Sache und der Bäuerin nicht entgangen war, ein großes Stück Kuchen ab. *„Mmhpf, mmhpf, ach wie gut!"*

Wenn die Familie zu einer Hochzeit, Konfirmation oder Taufe eingeladen war, bekam das „Schleckermäulche" auch mal Buttercremetorte, die sonst nicht so leicht hergegeben wurde. *Mer konnt von der höchstens eins un e halb Stück esse, eh's eim färchterlich schlecht worn is! Die Torte' war'n einfach zu mastich!*

Wenn man nicht eingeladen war und nur ein Geschenk in die Häuser brachte, wurde man stets mit Apfel-, Streusel-, Zwetschen- und „Radonekouche" belohnt. Bei Konfirmationen wurde Kuchen an die Haustüren von Nachbarn, Freunden und Bekannten gebracht, die nicht eingeladen waren. Die Konfirmanden des Dorfes verteilten ihn eigenhändig. Die Flüchtlingskinder, die nicht katholisch waren, schlossen sich später der Sitte an.

Ein weiterer Brauch war das Pfennigwerfen eines Hochzeitspaares vor der Kirche. Nach der Trauung und der Gratulation durch Verwandte, Freunde und Bekannte warteten die anwesenden Kinder auf den „Geldsegen" des Brautpaares, den sie freudig und eifrig einsammelten.

Am ersten Dezember 1951 heiratete Martin, der Sohn von Anna und Fritz. Sie war *Blummemädche und Schleierträscherin* auf seiner Hochzeit. Sie hatte ein türkisfarbenes langes Taftkleid bekommen, was ihr sehr gut gefiel, leider war ihre Mutter auf die Idee gekommen, auch noch ein Haarband nähen zu lassen, an dem sich links und rechts eine stilisierte Blüte befand. Schleifchen ähnlich! *„Die Probeller zieh ich net an."* Sie trotzte, bockte, heulte, aber es nutzte nichts, sie musste dieses *elende mistiche Mistding* anziehen, was sie ihrer Mutter bis heute nicht verziehen hat. Auf dem Hochzeitfoto wurde das Brautbukett geschickt über dem dicken Bauch von Elfriede trapiert, und unter den Teppich kam ein „Schawellche", auf das der etwas kleinere Bräutigam gestellt wurde, um die gleiche Größe wie seine Angetraute zu haben. Davor steht die „klaa Krott", nur weil sie fotografiert wurde, lächelnd. Nach den Fotos hat sie *des vertrackte Mistding* ganz schnell verschwinden lassen. Übrigens bekam Elfriedes dicker Bauch später den gleichen Vornamen wie's „Blummemädche".

Das letzte Backhaus des Ortes stand in der Bornsgasse, schräg gegenüber von dem Anwesen, in dem Anna wohnte. Hierher brachten die Bauern, wenn ihr Korn zu Mehl gemahlen war, fertig geknetete und geformte große, runde Sauerteigbrote. Die Sandsteine des Ofens mussten erst erhitzt werden, um Brot backen zu können. Mit Stroh zündete man Reisig an. Später wurde die Asche entfernt und der Ofen mit einem nassen Lappen, der an einer Holzstange befestigt war, ausgewischt. Die mit Mehl bestäubten Laibe wurden auf eine langstielige, flache Holzschaufel gelegt, in den Ofen geschoben und mit einem kurzen Ruck unter dem Brot weggezogen, bis der Ofen voll war. Sie weiß nicht, wie lange die Brote backen mussten. Wurde das noch heiße Brot mit einem Holzschieber aus dem Ofen herausgenommen, strichen die Frauen mit einem Handbesen oder einer Bürste, die in Brunnenwasser getaucht wurde, über die Laibe. Die matte braune Kruste bekam dadurch einen satten Glanz. *Des sah dann aus, wie dunkel Holz, des poliert wor'n is.*

Die „klaa Krott" war ganz verrückt nach dem „Kratzekouche". Das aus letzten Teigresten zusammengeratzte Brotchen schmeckte ihr am besten. *„Es hatt' die knusprigst'*

Krust' von alle' Kruste", sagte sie zu den Bäuerinnen, wenn sie mit dem ganzen Charme, den sie aufbringen konnte, um ihn bettelte. Aber die Frauen wussten das auch, und sie bekam ihn nur sehr selten.

Betrübt ging sie über die Straße zur Anna, die ihr, wie auch ihre Lieblingsbauern, „Knietzchen", Brotenden, aufhob. Ersatz für den Kratzekouche!

Sie aß die Brotenden immer ohne alles, und ihre Mutter, die diese Manie von ihr kannte, tröstete die Bäuerinnen, die nicht als geizig da stehen wollten. „Macht ihr halt Butter und Wurst auf die normalen Scheiben", sagte sie lachend zu ihnen.

Das Goldkind, das auch en Knäulkopp, Dickkopp, klaa Ziwwel, Borzel, Deiwelsbrate, Queelgeist, frech Krott, klaa Gewalt, Hibdekees, klaane Stobbe, Hobsch, klaaner Krotze ..., aber vor allen Dingen Schnuudeputzers Tochter war, kam, wenn es um's leibliche Wohl ging, nie zu kurz.

Mahlzeit

Manchmal wurde sie zum Mittagessen eingeladen.

An den weißgescheuerten Holztischen in der Küche wurde gegessen. Goßeltern, Eltern, Kinder, Magd, Knecht, unverheiratete oder verwitwete Tanten, Onkel, je nachdem wie reich ein Bauer war, saßen um ihn herum. Vor dem Essen wurde ein Gebet gesprochen. Meistens:

„Lieber Herr Jesus sei unser Gast und segne, was du uns bescheret hast." Nach dem Amen sagte man Mahlzeit, und jeder nahm sich aus den dampfenden Schüsseln sein Essen auf den Teller.

Gab es an dem Tag, an dem sie eingeladen war, Suppe, erfand sie Ausreden, fromme Lügen, die waren erlaubt. Sie hatte keinen Hunger, Bauchweh oder sonst ein „Wehwehchen" ... Sie wäre eher verhungert als mitzuessen.

Die Suppe wurde gemeinsam aus einem Topf gegessen. Sie ekelte sich, wenn die Leute sabberten, sich den Mund mit dem Löffel abwischten, ihn erneut in den Suppentopf tauchten und weiteraßen. Schmatzend, schlürfend, rülpsend wurde gegessen. Alles Dinge, die sie nicht durfte und nicht wollte.

Pingelig konnte man nicht sein! *Keine Zimberlies wie sie.*

Noch heute bekommt sie Zustände, wenn sie zusammen mit anderen aus einer Schüssel oder deren Reste von ihren Tellern essen soll. Sie führt diese Abneigung auf die Suppensitte zurück. Genau so angeekelt ist sie, wenn jemand am Tisch eine unappetitliche Bemerkung macht. *Da hab' ich gesse!*

„E beschisse Dippe" würden die Dörfler sagen. Ein Ausdruck für eine empfindliche Person. *Lieber zimberlisch un beschisse seu als mitesse müsse!*

Feuer

Ihre Mutter hatte eine fürchterliche Angst vor einem Gewitter.

Tagsüber ging es noch, aber nachts machte sie die ganze Familie wach und saß, von ihren Lieben, Kerzen, Petroleumlampe, Streichhölzern und einem Köfferchen mit den wichtigsten Papieren umringt, am Küchentisch. Natürlich rannte sie *des öfter'n wie e uffgescheucht Hinkel* (aufgescheuchtes Huhn) im Saal herum. Sie prüfte zum hundertsten Mal, ob die Fenster auch wirklich geschlossen waren, schaute nach Radio und Lampenstecker und machte mit zittrigen Händen die Notbeleuchtung an, wenn das elektrische Licht wie üblich ausfiel. Sie scheuchte ihre Tochter vom Fenster weg, die sich interessiert die prachtvollen Blitze ansehen wollte. So ein „Aufheben" zu machen und Angst wegen einem Gewitter zu haben, selbst wenn das Donnergrollen noch weit weg war, verstand das Kind nicht. Lagen die Blitzeinschläge sehr nah und folgte fast gleichzeitig der Donner, dann wurde es ihr aber auch mulmig.

Durch die Bauweise des Dorfs konnte sich ihre Mutter vorstellen, wie gefährlich ein Brand im Ortskern wäre. Ställe waren an Wohnhäuser oder Scheunen, Wagenschuppen an die Wände eines Nachbargebäudes gemauert. Bei einigen Höfen befanden sich nur schmale Durchgänge zwischen Wohn- und Wirtschaftsräumen und bei ungünstigem Wind waren diese ein bis zwei Meter breiten Wege, durch die man häufig in die Gemüsegärten gelangte, für ein Feuer kein wirkliches Hindernis. Die überwiegend mit Lehm, Stroh und Holz gebauten Fachwerkhäuser würden wie Zunder brennen. Ihre Tochter wusste das nicht in der für das Kind *so infernalische Nacht*, aber sie spürte die Gefahr.

Um wie viel Uhr sie erwachte, hat sie vergessen. Durch ungewöhnliche Geräusche, die ihren Schlaf störten, war sie aufgewacht. Ihren Vater konnte sie nirgends sehen. Ihr Bruder und ihre Mutter standen am weitgeöffneten Schlafzimmerfenster. Von der Straße drang Lärm und lautes Rufen zu ihr hoch. Ein merkwürdiges Licht, das sie noch nie gesehen hatte, fiel ins Zimmer und machte alles rötlich. Sie kletterte aus ihrem Gitterbettchen und hüpfte auf die Ehebetten. Sie geriet in Panik, als sie hochaufschießende Flammen, Funkenflug und den vom etwa sechzig bis siebzig Meter entfernten Feuer beleuchteten blutroten Himmel sah.

Völlig außer sich schrie sie: „*Schnell, schnell in de Keller, mir hawwe Krieg!!*"

Nach und nach gelang es ihrer Mutter, sie zu beruhigen und zu erklären, dass die Scheune vom Rückriegel brannte, die Feuerwehr schon da wäre und aufpassen würde, dass nicht noch mehr passierte. Am nächsten Vormittag ging sie, von dem beißenden und durchdringenden Brandgeruch begleitet, zu der zerstörten Scheune. Um das Gehöft sah es chaotisch aus, wie ein paar „Ausgebomte" meinten. Überall war Wasser, lagen Feuerwehrschläuche herum, standen Leute, die sich das Maul zerrissen. Der durch das Feuer angerichtete Schaden wurde von ihnen geschätzt. „Ob wohl die Brandversicherung hoch genug ist?" „Vielleicht stößt der sich gesund (der, dem gerade die Scheune abgebrannt war) und macht ein gutes Geschäft", wurde hämisch spekuliert. Gott sei Dank wurde das Vieh und das angrenzende Wohnhaus verschont, obwohl eine Mitbewohnerin schon ihr Bettzeug vorsorglich aus dem Fenster geworfen hatte. Aber die gesamten Wintervorräte waren ein Opfer der Flammen geworden. Glücklich waren alle darüber, dass die anschließenden Höfe nichts abbekommen hatten und lobten die Feuerwehr, die noch immer Brandwache hielt. Das verkohlte Heu und Stroh wurde auf Ackerwagen geladen und aus dem Dorf gefahren. Noch viele Wochen lag dieser fürchterliche Gestank über dem Ort. Wenn sie in späteren Jahren diesen brenzlichen Geruch wahrnahm, war sie hellwach. Ihr ganzer Körper signalisierte ihr „Gefahr!!!" „Feuer!!!".

Dass sie sich vor der „Osterhasengeschichte" einmal in großer Gefahr befunden hatte, war ihr, als es passierte, nicht bewusst. Erst viel später erinnerte sie sich an das Erlebte. Sie spielte mit ihrer „Ecke-Freundin" Erika. Vielleicht tauschten sie Glanzbilder, malten oder falteten Papier. Jedenfalls saßen sie am Küchentisch, der vor dem Fenster im ersten Stock des Fachwerkhauses stand. *Die Küch' selbst war mehr en Schlauch als e Zimmer, also schmal un lang. Die Tür und de Kochherd ihr gecheüwwer war'n ungefär vier Meter von uns weg. Als Kind kann mer des schlecht schätze.*

Die Mutter oder Tante ihrer Freundin hatte Blechdosen, in denen noch Reste von Bohnerwachs war, auf den Herd gestellt. Sie wollte die Reste flüssig machen und anschließend in eine andere Dose schütten. Man sparte damals! Was genau passierte, weiß die Kleine nicht, jedenfalls schlugen plötzlich Flammen vom Ofen an die Decke und an die Wand. Irgendwie hatte sie das Gefühl, dass alles Weitere lautlos, ohne Geschrei geschah, „wie in Watte gepackt". Vater, Onkel oder Knecht, jedenfalls eine männliche Person kam zu ihnen, schnappte sich die Kinder unter den Arm und lief mit ihnen an dem Feuer vorbei die Treppe hinunter. Sie kann sich an nichts erinnern, auch wenn sie sich große Mühe gibt. Sie weiß nicht, wie das Feuer gelöscht wurde oder was sie anschließend spielten.

An eine Äußerung ihrer Mutter, die, wie es ihre Art war, bestimmt reagiert hätte, kann sie sich auch nicht erinnern. Nur daran, *dass die Küch' geweißt wurd!*

„Diese Dinge"

In den immer „schwimmenden", man sagte „verpissten" Herzchen-Toiletten-Plumps-Klos der alten Schule, „aal Schoul" genannt, standen schlimme Worte an Wänden und Türen. Mit Bleistift oder sonst irgendetwas hatten Schülergenerationen ihre „halbaufgeklärten", schweinischen Sprüche eingeritzt.

Die Kleine wurde schon rot, wenn sie nur an die „Schweinereien" dachte. Aber nur, weil ihre Mutter so ein Aufhebens gemacht hatte, als sie nach der Bedeutung dieser Kritzeleien gefragt hatte. Darüber aufgeklärt wurde sie nicht. Sie gehörten „zu diesen Dingen", über die man nicht sprach. Nun, sie sprach auch nicht darüber! Niemals! Sie tat sie!

Die Kinder nannten diese Dinge „Doktor-Spiele".

Dass die Erwachsenen diese Spiele nicht sehen durften, war gewiss. Man befasste sich schließlich mit dem mittleren Bereich des Körpers, den man nicht zeigen durfte. Die Kinder versteckten sich im Heu oder sonstwo, um nicht beobachtet zu werden. Es wurde alles gründlich untersucht, wobei man es lustig fand, dass der „Hannes" der Buben hart wurde und abstand. Sie küssten sich wie die Erwachsenen, die erschrocken auseinanderfuhren, wenn man sie überraschte.

Irgendjemand sagte, man müsse sich aufeinander legen. Sie tat es! Mit ihrem Bauch legte sie sich auf den Bauch ihrer Freundin, dass sie zusammen wie ein Kreuz aussahen. Sie wären blöd'! Man würde das mit einem Jungen machen und sich gerade hinlegen. „De Kopp owe, die Baa unne."

Die Kinder vollführten keinen Geschlechtsakt. Sie spielten „Hoppe, Hoppe, Reiter". Wie die Eltern einer ihrer Freundinnen, deren jüngere Schwester dies in der Bäckerei erzählt hatte. (Wie ging das noch einmal mit dem Lauffeuer?)

Die älteren unter ihnen waren sicherlich erfahrener und wussten auch, was sie da eigentlich taten. Nur sie war in der Beziehung, wie ihr Bruder sagen würde, „saublöd". Seine Schwester verstand nicht, wieso „das da unten" schmutzig sein sollte. *Sie musst sich doch auch immer da unte wasche, un die andere Kinner war'n dort auch sauber. Des hatt se jetzt selbst gesehe. Schade, dass se net ihr Mutter frage konnt! Und was an der Sach schlecht sein sollt, verstand se noch weniger. Es war doch e lustich Spiel, sie musst immer lache und dann kribbelte es auch üwwerall so schön! Weshalb stellte sich die Erwachsene nur so an? Oder gab es da noch ebbes?*

Für sie waren die Doktorspiele wie Äpfelklauen. Man durfte sich hierbei auf keinen Fall erwischen lassen. Nun ja, aber sie wurden erwischt! Eine Frau hatte sie, sie waren drei oder vier Kinder, vom Gemüsegarten aus gesehen. Der Busch, hinter dem sie lagen, schützte sie nach drei Seiten, aber nicht nach dieser. Ein schlechtes Versteck! Dass sie entdeckt worden waren und das Geschrei und Geschimpfe erschreckten sie so sehr, dass sie, ihre Höschen hochziehend, wie die Hasen über die Wiesen davonrannten, verfolgt von dem Knecht oder dem Mann der Bäuerin.

Natürlich wurden die Eltern verständigt. Ihre Mutter redete dauernd von Schande und dass sie nie geglaubt hätte, ein so schlechtes Kind zu haben!

Sie musste ihrer Mutter hoch und heilig versprechen, so etwas nie wieder zu tun. Auch später nicht, wenn sie groß wäre. „Die Männer sind alle schlecht und man muss sich vor ihnen in acht nehmen." Sie verstand zwar nicht, was ihre Mutter damit meinte, aber sie versprach ALLES. Nur sollte sie ihr auch wieder gut sein und zu weinen aufhören.

Die Vorwürfe ihrer Mutter und das einige Wochen anhaltende Spießrutenlaufen durch das Dorf – sie glaubte jedenfalls, alle Leute würden mit dem Finger auf sie zeigen, ein unglaublicher und fürchterlicher Gedanke, ein Ausgestoßensein aus der Gemeinschaft – verschüchterten sie so sehr, dass sie Männern nur noch in kameradschaftlicher Hinsicht entgegentreten wollte. *Diese Dinge sollt es in ihr'm Lebe nie mehr gebe!*

Sie wusste nicht, dass ihre Spiele im erwachsenen Alter zu Schwangerschaften führen konnten. Sie bemerkte diese überhaupt nicht. Frauen, die einen dicken Bauch hatten, hatten ganz schön viel gegessen! Sie war völlig ahnungslos! Oder aber, was nicht sein sollte, durfte nicht sein???

In der Schule erzählte der Lehrer von den Bienen. Wie sie befruchtend von Blume zu Blume flogen. Von dem Stempel, den Pollen und dem Samen. Auf die gleiche Weise wie der neu entstandene Samen würden auch die Tiere und Menschen entstehen!

Da konnt' mer mal sehe, wie dumm der Mann war. Sie wusste doch genau, dass der Bock auf die Ziech oder's Schaf sprang, die Kuh zum Stier geführt wurd' un' es dadurch Junge gab. Mit dene Biene' un' Blumme konnt er recht hawwe. Awwer mit Bobbelcher?? Na ja, vielleicht flog auch de Storch befruchtend, wie de Lehrer sacht, von Seerose zu Seeros', damit die kleine Kinner wachse'!? Uff jeden Fall wusst' der Mann auch net alles, und sie würd' jetzt vorsichtich mit dem seu, was er demnächst erzählt'!!!

Über ihr „kribbeliges" Gefühl verlor sie nie mehr ein Wort. Aber nachts vor dem Einschlafen und in ihren Träumen küsste und drückte sie sich mit ihren Lieblingsschauspielern. Das war genau so schön, wie die Doktor-Spiele und ihre Mutter musste sich nicht aufregen.

Kino

Wenn es kein Fest gab, wurden im Großen Saal der anderen Gaststätte samstags und sonntags Filme gezeigt. Auf dem Balkon stand der Projektor und auf der Bühne die große weiße Leinwand. Da es damals mit dem Jugendverbot noch nicht streng zuging, sah sie viele Filme, die sie sexuell anregten. Nur hatte sie keine Ahnung, was das für ein Gefühl war, wenn sie „kribbelig" wurde.

Ihre Mutter gab ihr nur Geld für *unschuldige*, harmlose Filme, aber es war kein Problem, in den Saal zu gelangen. Sie schlüpfte durch ein Seitentür oder ein Fenster, das im Sommer offen stand. Manchmal durfte sie auch ohne Bezahlung hinein, je nach dem, wer an der Kasse saß, oder jemand gab ihr Geld. Die Holzstühle standen übereinander gestapelt an den Wänden und jeder holte sich einen.

Man konnte sich hinsetzen, wo man wollte, auch mit der Stuhllehen nach vorne. Aber das taten nur ganz Wagemutige oder Rüpel. Sie hätte das auch so gern' gemacht, aber sie war halt nicht wagemutig und auch kein Rüpel! So ließ sie es lieber bleiben. Im Winter waren die besten Plätze am großen gusseisernen Ofen. Hier saß das Publikum in seine

Mäntel *gebutzelt* dicht gedrängt um ihn herum. Ab und zu wurde Holz oder Briketts nachgelegt.

Awwer es war ziemlich kalt!

Ein Film hieß die „Wendeltreppe" und war ein Krimi.

Noch jahrelang flößte er ihr Furcht ein, wenn sie an ihn dachte! Eine Frau sollte ermordet werden, und der Mörder stand hinter Kleidern verborgen im Keller. Jedes Mal, wenn die Frau die Kellertreppe herunter kam, um etwas zu holen, wurde das eine Auge des Mörders *sooo groooßß wie die Leinwand*!!!!!!

Sie fürchtete sich anfangs so sehr, dass ihre Mutter, die nichts vom Kinobesuch ihrer Tochter wusste, das Nachttischlämpchen brennen lassen musste, auch wenn sie zu Hause war.

Des *neugierische Oas* liebte Revue-Filme mit Marika Rökk. *Da wurd getanzt, gesunge un nach Verirrungen widder gelacht.*

Die Zarah Leander mocht se wääsche ihrer Stimm'. Den Willi Birgel mit seum gewellte Haar, seum Bärtchen un wie er war (die Rollen, die er spielte) *konnt' se net leide.*

Auch paar Fraue', von dene se die Name net mer weiß, die immer in dene Filme leide musste un die des scheinbar auch gut fande, konnt se auch net leide. Was die immer e Geschiss gemacht hawwe, un immer war de Mann de Retter, auch wenn er noch so blöd war (siehe Willi Birgel).

Die amerikanischen Filmschauspieler gefielen ihr viel besser. *Die war'n net so langweilich!*

Weshalb ein anderer Film, den sie über die Jahre nicht vergessen hat, einen so großen Eindruck hinterließ, kann sie nur vermuten. Vielleicht stellte sie sich ihr Erwachsen-Werden" so ähnlich vor. Er hieß „Die blaue Lagune".

Nach einem Schiffsuntergang konnten sich zwei Kinder, ein Junge und ein Mädchen, auf eine Insel retten. Viele Gefahren bestehend, wuchsen sie zu Mann und Frau heran. Heirateten und bekamen ein Kind. *Mer bekam kein*

Kind, wenn mer net verheirat war. Irgendwann wurden sie alle gerettet. „Happy End".

Störche

Vorne bei der Anna, an de scharf' Kurv', war uff dem Dach von de Emmi ihrer Scheun' e Storchenest. Im Frühjahr sahen die Menschen, hauptsächlich die Kinder, wie „Hans guck in die Luft" aus. Jeder wartete gespannt auf das Eintreffen des Storchs. Das ganze Dorf war auf den Beinen, wenn Meister Adebar nach einem Rundflug auf dem Nest landete und seine Ankunft mit lautem Geklapper seines roten Schnabels kund tat. Sie flitzte, wenn sie die Ankunft verpasst hatte, zur Kurve und zu Anna.

Freudig wurde das Säubern und Ausbessern des Nestes beobachtet. Immer wieder flog der Stochenvater mit Moos und Reisig auf das Dach. Ein, zwei Wochen später kreiste das Weibchen über dem wieder hergerichteten Storchenheim. Mit beidseitigem Geklapper, Hals vor und zurückwerfend, begrüßten sie sich minutenlang auf dem zur Hochzeit fertigen Nest.

Irgendwann nach abwechselndem Brüten sah man die Köpfe der Jungstörche über den Nestrand lugen. Die tollpatschigen Lauf- und Flugversuche lösten bei allen Umstehenden Heiterkeit aus. Von Annas Hof oder Vorgarten aus hatte sie einen herrlichen Blick auf das Nest. Allerdings musste sie, je mehr Blätter der Baum im gegenüberliegenden Anwesen bekam, ins Haus an die Fenster oder auf die Straße gehen. Sie beobachtete interessiert das Halsrecken und Schnabelaufreißen, wenn die „Alten" von den Wiesen und Auen zurückkamen. Frösche, Schlangen und allerlei Kleingetier wurden in den Schlund der Jungstörche gestopft, die sie unter ruckartigen Bewegungen herunterwürgten.

Onkel Fritz, Annas Mann, hatte ihr erzählt, dass ab und zu Jungstörche aus dem Nest fielen oder nach Flugversuchen so unglücklich gelandet waren, dass sie sich verletzten. Er zeigte ihr einige Fotografien, auf denen er mit einem Storch im Hof stand. Der Storch auf dem Foto hatte ein gebrochenes Bein gehabt und wurde von ihm gesund gepflegt. Sie wusste, dass er ein großer Vogelliebhaber war, der Nistkästen in Feld und Wald aufhängte und durch den sie so viel über Vögel gelernt hatte, dass er auch noch ein Storchenretter war ... *Wunnerbar!!*

Viele Menschen fotografierten das Nest mit seinen Bewohnern.

Hauptsächlich Amerikaner mit ihren Familien hielten an, um die Störche zu bestaunen. „How lovely, how beautyful, aren't they nice", schwirrte es um sie herum! Sie fand sich sehr wichtig, *schließlich war des ihr'n Storch, den die da knipste.* Sie stellte sich in Positur, um auch auf ein Bild zu kommen.

Sicherlich hat noch mancher „USAler" eine Fotografie, auf der ein Mädchen mit dicken Wollstrümpfen und Beinen mit bis über die Fesseln reichenden Schnürschuhen, Rock und Strickjacke von einer Schürze bedeckt, Haare zu Kranz oder „Affenschaukel" geflochten, strahlend, mit Schlitzaugen vor einem im Hintergrund zu sehenden Storchennest steht!

Oh, sie liebt's, geknipst zu wer'n!

Wenn sie aus dem Fenster schaute, konnte sie die Leute sehen, die mit Fotoapparat um den Hals auf der dem Nest gegenüberliegenden Seite standen und auf einen günstigen Augenblick warteten. Ein kurzer Blick in den Spiegel und nicht's wie los zur Kurve. *Schließlich war sie ja WER!* Dieses gute Gefühl hatte sie jedenfalls, ohne sich damit dick machen zu wollen! Das hieß, nicht damit anzugeben. *Es gab ja außerdem noch annere, die aach WER war'n.* Die Hochachtung, die ihren Eltern von den Einheimischen und Städtern entgegen gebracht wurde, fand sie, galt auch ihr. *Se gehörte ja auch zu'r Famillje!*

Eh' die Störch' wegflieche, muss ich mer noch Zucker besorsche. Am beste Würfelzucker. Zwischen dem Wirtshaus, in dem sie wohnten, und der Bäckerei war ein offener Hof. An seinem Ende gab es ein Lebensmittelgeschäft, in dem sie unbedingt braunen Würfelzucker kaufen wollte. *Er musst braun seu!!*

„Owwerr moi Kenn, merr hunn kaan broune Zogger, aich kunn jo mol gucke, ob aich nouch Kandiszogger hu – Aber mein Kind, wir haben keinen braunen Zucker, ich kann ja mal nachsehen, ob ich noch Kandiszucker habe", sagte Frau Schweinsberger.

Na ja, der tut's schließlich auch. Hauptsach de Storch kann'en mit seum Schnawwel von de Fensterbank hole! Die Frau kam zurück.

„Aich hunn nouch ewing gefonne. Brouich deu Mottrr en zom Eumache? – Ich habe noch ein wenig gefunden, braucht Deine Mutter ihn zum Einmachen?"

Quatsch, ihr Mutter brauch'en net zum Eumache. De Storch, bringt schließlich die Bobbelcher, die uff Seerosenblätter im Teich uff ihr Abholung warte, un se musst halt braune Zucker hawwe, da se ja e Neger-Brüderche oder Schwesterche wollt!!

„Storch, Storch Guter, bring mir einen Bruder!

Storch, Storch Bester, bring mir eine Schwester!"

Ob es nicht genug Zucker war oder die Babys schon alle vergeben waren??

Nichts tat sich zu ihrem Bedauern! Und jetzt waren sie alle weggeflogen. In den warmen Süden! Eines aber war sicher, ihre Eltern durften sich bestimmt noch wochenlang das *Gefrotzel* und Gelächter der Leute anhören.

Geben und Nehmen

Langeweile kannte sie nicht.

Hatten ihre Freundinnen und Spielkameraden keine Zeit und sie keine Lust, alleine zu spielen oder am Fenster „Spazier'n-zu-gucken", ging sie in die Bauernhöfe, auf die Felder oder in die Gärten. Das ganze Jahr hindurch gab es ständig etwas zu tun.

Da sie den Bauern freiwillig half, erledigte sie ihre Arbeit spielerisch. Selbst beim Geschirrabtrocknen, das sie nicht ausstehen konnte, half sie mit. Aber nur bei den netten Bauern und bei Anna. *Ach se war ja auch so e guud Kind!*

Wenn sie keine Lust mehr hatte, Mohnhülsen aufzuknacken, aus den Sonnenblumen, Bohnen und Erbsen die Kerne zu entfernen. Erd-, Him,- Brom-, Stachel-, Johannisbeeren, Äpfel, Pflaumen und Birnen zu pflücken oder aufzulesen, trollte sie sich einfach.

Ach es mächt soviel Spaß, uff de Bäum' e rum zu klettern. Zur Erntezeit durft se des ja! Wenn se mit geholfe hat, is kaan Trara gemacht worn!

Ganz unten an der Hauptstraße, schon zu dem anderen Dorf gehörend, das Langenselbold hieß, standen herrliche Herzkirschenbäume. Die Kinder klauten dort jedes Jahr. Sie aßen, soviel sie konnten, und machten sich noch die „Säckel", die Hosentaschen, voll. Auch dem anderen Obst erging es, wenn es reif war, nicht besser.

Des gab e Gerenn und Geflitz, wenn de Feldschütz odder de Bauer kam. Pech hat mer, wenn mer net schnell genuch vom Baam runner is!

Die Buben, für die das „längste Aushalten" eine Mutprobe war, wurden häufiger erwischt. Ohrenziehen war das wenigste, meistens gab es eine Tracht Prügel. Da die Jungen überwiegend Lederhosen trugen, war der Schmerz sicherlich nicht so groß. Geklautes Obst schmeckt eben besser, und Hintern reibend rannten sie fort! Sie befand sich nie unter den Leidtragenden. *Sie konnt schließlich klettern wie en Aff un war ja net bleed, dass se bis zur letzt Minut' geward hätt'.*

Außerdem hatte sie viel zu viel Angst vor dem Gendarm, mit dem ihre Mutter immer drohte, wenn sie etwas ausgefressen haben sollte. Wenn sie nur das Grün seiner Uniform sah, schlug sie einen großen Bogen. Sie wusste ja nie, ob sich nicht auch eine Eintragung von ihr in seinem Büchlein befand.

Dass der Mensch ihr auch immer Koppzerbreche bereite musst! Sie lief, wenn sie den Ortspolizisten entdeckt hatte, mit einem schlechten Gewissen herum und durchforschte ihr Gedächtnis nach Missetaten, die sie eventuell begangen hatte.

Letzt Woch warn's drei Radiescher gewese, die ihr geschmeckt hatte. Genau wie de Stängel Rhabarber, der auch net schlecht war. E Stück Holz fehlt im Schuppe vom Onkel Fritz, was se an dem Tag unbedingt zum Schiffcheschnitze gebraucht hat, un richtich, beim Versteckspiele war der Zaun von einem Schafpferch kaputt gegangen, als se drüwwer klettern wollt.

Oh, je! „Sie war doch e schlimm' Kind", würde ihre Mutter sagen.

Warum frächt se auch net vorher, wie's verlangt wärd, wenn se ebbes wollt. Es war besser, se beicht alles dem jeweiliche Besitzer, eh' de Schandarm se mit nimmt. Sie wärd des sicherheitshalber mal gleich mache.

Herbst

Blätter fielen von den Bäumen. Morgens und abends war es schon frisch. Socken und Kniestrümpfe lagen wieder in der Schublade. Auf den Stromleitungen saßen keine wie auf einer Perlenschnur aufgereihte Vögel mehr. Die

Schwalbennester in den Ställen und unter den Dachgiebeln waren verwaist. Die Amseln sangen schon lange kein Morgen- und Abendlied mehr. In der Frühe lagen Nebelschwaden über den Wiesen. Die von Wassertröpfchen übersäten Spinnennetze funkelten in der fahleren Sonne. Abschied von der Wärme. „*Seufz!!!*"

Die ersten Herbsttage waren noch schön gewesen. Die Laubwälder färbten sich herrlich bunt, und sie hatte ihrer Mutter ein paar Zweige mitgebracht. Hauchdünne Spinnenfäden schwebten umher. Altweibersommer sagten die Bauern, die jetzt viel Arbeit hatten.

Nebenan, bei ihrer Freundin Anni, wurden Äpfel gekeltert.

Vielleicht hatten sie sich die Presse geliehen, die im Hof stand. Jedenfalls kamen die Äpfel über eine Schütte in Holzbottiche und wurden durch Drehen eines großen Rades, das den Deckel der Presse nach unten schraubte, zerdrückt. Der Most lief auf einem einer Dachrinne ähnlichen Auffang in Bottiche oder Wannen. Durch einen Trichter wurde er in großbauchige Flaschen abgefüllt.

Die Kinder standen schon erwartungsvoll mit Glas oder Becher in den Händen daneben, um von dem süßen Saft etwas abzubekommen. *Herrlisch!* Sie zapfte ihn direkt von der *Dachrinnenzotte* und mit „*hm, hm*" leckte sie sich noch ihre *Schnuude* ab. *Landleben.*

Es duftete überall nach Eingemachtem. Die *Quwetsche-* oder Pflaumenmarmelade, die *Latwersch*, wurde in den blankgescheuerten Waschkesseln unter ständigem Rühren gekocht und in die grau-blauen oder ockerfarbenen „irdenen" Töpfe gefüllt. Das eingemachte Obst und der Gelee kamen in Gläser und wurde in die Vorratskammer gestellt, wo neben Schinken und Würsten auch Pflaumen, Apfelringe und Birnenschnitzen zum Trocknen auf einer Kordel gereiht hingen. Eingelegtes Gemüse, hauptsächlich Gurken, und das Sauerkrautfass standen hier oder wie bei Anna, im Keller. Die Kleine naschte gern von dem rohen Kraut.

In Annas Küche befand sich eine „Dielentür", eine Falltür, die man mit einem Eisenring hochheben musste, um über eine steile, nach unten führende Holztreppe in den tiefen, mit Sandsteinen gebauten Keller zu gelangen. Ein eigenartiger Geruch schlug dem Kind jedes Mal entgegen. Modrig, muffig, voll dicker Spinnweben die Wände – sie wagte sich nur bis zum Sauerkrautfass, das aus Holz war. Es sah wie eins der Bierfässer aus, die von dicken Brauereipferden gezogen zusammen mit den Stangen aus Eis vor der Wirtschaft abgeladen wurden und im Keller verschwanden.

„Nicolay-Bier unerreicht, zwei gesoffen, fünf geseicht", sagte man damals.

Anna nahm den schweren Stein vom Deckel, hob das weiße Tuch, mit dem das Sauerkraut abgedeckt war, herunter. Mit einer Holzgabel füllte sie eine Schüssel voll und ließ „ihren Deiwelsbrate" etwas naschen. *Danach wurd' des Tuch pitschnass gemacht, uff's Sauerkraut gelecht, un uff den Deckel kam Wasser.* Die Kleine glaubte, dass dadurch das Kraut luftdicht abgeschlossen wurde. Sie konnte es nicht mehr erwarten, aus dem Keller zu kommen. Sie bekam wieder ihre Angst vor dem Eingesperrtsein. So schnell sie konnte, rannte sie die Treppe hoch und schnappte erleichtert nach Luft. Dass sie noch ein paar Kartoffeln mitnehmen sollte, hatte sie vergessen. Anna reichte ihr die Schüssel, um besser die enge Stiege hoch zu kommen. In der Zwischenzeit nutzte die „Klaa" *die Gunst der Stund'* und *stibitzte* noch etwas von dem Kraut.

Im Frühjahr hatte sie zusammen mit anderen Kindern und Erwachsenen die mit schwarzen Pünktchen versehenen rosa Larven und die braun-gelb-gestreiften Kartoffelkäfer vom Kraut abgelesen. In Blechbüchsen mit Petroleum oder Terpentin wurden sie ersäuft. Die Käfer sonderten eine Flüssigkeit ab, welche die Hände gelborange färbte. Ab und zu bekamen sie von den Bauern auch mal zehn Pfennige, wenn sie sehr fleißig gewesen waren. Im Herbst durften sie nach der Kartoffelernte im Beisein von Erwachsenen das Kraut auf den Feldern anstecken und sich Kartoffeln darin braten. Für die Kinder war das jedes Mal ein tolles Erlebnis, da sie sonst, außer in den Öfen, kein Feuer machen durften und es auch schon dunkel war, bis die zur Glut zusammengesunken Flammen die Kartoffeln in ihrer Hitze rösteten.

Sie musste bei Dunkelheit im Geschäft, in der Wohnung oder bei Leuten sein, die ihre Mutter kannte. Deshalb waren solche Ausnahmen wie beim Kartoffelfeuer selten. Die Kinder standen oder saßen in der Hocke um die Glut herum und holten sich mit Holzstöckchen die Erdknollen aus der heißen Asche. *Die wurde mit odder ohne Schal gesse un schmeckte prima, wenn mer se rechtzeitich raus geholt hat.*

Manchmal bekam sie einen Kürbis geschenkt oder sie holte sich von einem Bauern ein oder zwei *Rommel* (Dickwurz). Sie säuberte sie am Brunnen, schnitt den Deckel ab und höhlte sie aus. Der Inhalt kam zum *Säufutter*. Mit einem spitzen Messer wurden runde, viereckige und Halbmond förmige Löcher in die verbliebene Hülle geschnitzt. Es entstanden fröhliche, böse, dämonische Gesichter.

Auf den Deckel verzichtete man meistens, da er sowieso häufig herunterfiel. Mit einer Stearinkerze im Inneren, die bei Dunkelheit angezündet wurde, hatte sie sich wie ihre Freundinnen und natürlich alle *annere Kinner* im Dorf Lampengeister geschaffen. Manche stellten die Kunstwerke in die Astgabeln der Bäume.

Sie erschreckten Leute, Kinder und sich gegenseitig mit plötzlich hinter einer Ecke oder Mauer auftauchenden „Kürbis-Rommel-Dämonen". Aus ihren Verstecken heraus machten die Kinder unheimliche Geräusche, bei denen es ihnen oft selbst Angst und Bange wurde. Wenn ihre Mutter, die mit ihrer Arbeit fertig war, sie mit heim nehmen wollte, gab es jedes Mal Zirkus. Ihr so beliebter „Ziegenbock-Gang" nutzte ihr nichts. „Halt jetzt deu Schnedderedett un komm mit. Kleine Kinder treiben sich net in der Dunkelheit rum un hör auf zu bocke!"

Also, Gut' Nacht, bis Morje, sagte sie zu ihren Freundinnen

Kerb – Kirmes – Kirchweih

Wenn der 18. Oktober auf einen Sonntag, Montag oder Dienstag fiel, begann die „Kerb" am vorherigen Samstag. War er an den anderen Tagen, fing die Kerb am Samstag der gleichen Woche an.

Erschendwie war es e Ehr, Kerbborsch zu seu. Die jungen Burschen im Dorf mussten die Kerb kaufen. Das war eine teure Angelegenheit, denn die Miete für den Tanzsaal und die Kapelle mussten bezahlt werden, ebenso das Freibier, das am ersten Tag ausgeschenkt wurde. Nur wer reiche Eltern oder selbst gespart hatte, konnte sich das leisten. Später kauften Vereine des Dorfes die Kerb, und die jungen Mitglieder von Feuerwehr, Fußball- oder Gesangverein wurden Kerbburschen.

Sie erinnert sich, dass die Kerbburschen an einer Schärpe schräg über der Brust und ihren Papierschirmmützen zu erkennen waren. Der Kerbbaum, ein mittelgroßes Tannenbäumchen, etwa so groß wie ein Christbaum, wurde mit bunten Bändern, welche die jungen Männer bei den gleichaltrigen Mädchen geholt hatten, geschmückt. Mit dem Kerbbaum, einem Fässchen Bier auf einem Handleiterwägelchen und einer Musikkapelle ging der Zug durch das Dorf zum „Guck Guck" oder zum Gasthaus Fass, wo dann das Freibier ausgeschenkt wurde. Für alle gut sichtbar brachte man den Kerbbaum an einer Fahnenstangenhalterung der „Wärtschaft" an. Die Kapelle spielte im „Fasse-Saal" auf, da der Saal bei „Roths" ja angeblich baufällig war. Die Kerbburschen mussten mit allen Mädchen und Frauen tanzen. Natürlich auch mit ihr. Sie bestand darauf. *Schließlich war se ja auch e Mädche'.* Sie *zoppelte* an den Jacken, um auf sich aufmerksam zu machen, und bekam nie einen Korb. Alle kannten ihre Tanzleidenschaft. *„Juchheee!"* Sie tanzte, bis sie heim musste.

Am folgenden Montag, etwa um zehn Uhr, trafen sich die Kerbburschen vor der *Kerbwärtschaft* und gingen, gefolgt von der Bevölkerung und dem „klaane Borzel", zum „Gickel-Schlaache". Auf dem Anger, einer dorfeigenen Wiese, war ein Hahn vergraben worden. Einem Burschen wurden die Augen mit einem Tuch verbunden. Dann drehte man ihn im Kreis und gab ihm einen Dreschflegel in die Hand.

Des Holzgerät war e altertümlich Dreschmachin, dademit hat mer früher die Körner aus de Ähre gehaache. Er tapste nun, von seinen Kameraden und den Zuschauern angefeuert, auf der Wiese herum und suchte nach dem *verbuddelte Gickel*. Manche krochen zur allgemeinen Gaudi auf allen Vieren, um die Stelle mit der lockeren Erde zu finden. Jetzt schritt der Schiedsrichter ein. Der „Sucher" wurde von ihm am Kragen und Hosenboden hochgehoben, auf die Beine gestellt und verwarnt. Je nachdem, wie witzig ein Kerbbursche die Suche anging, um so mehr Bauchweh konnte man vor Lachen bekommen. Sie erinnert sich, dass „de Heinzi vom Milch-Hannes", der wie ein Italiener aussah und auch wie ein Italiener singen konnte, einmal eine tolle Vorstellung gegeben hatte. *Sie hätt sich vor Lachen krümme könne. Ihr tate schonn die Seite vom Seitesteche weh. So was von saukomisch, wie der war!*

Glaubte der „Blinde", den Gockel gefunden zu haben, schlug er mit dem Dreschflegel auf diese Stelle. Das Ganze dauerte natürlich einige Zeit. Man wollte den Leuten, die zuschauten, ja nicht den Spaß verderben! Hatte der Bursche ihn unter allgemeinem *Gekrisch* (Geschrei) *geschlage*, also gefunden, wurde er noch ausgegraben, an den Dreschflegel gebunden, im Triumphzug ins Dorf getragen und nach Erzählungen zu einer Suppe verarbeitet.

Auf der Nachkerb, die vierzehn Tage später an einem Montag mit Tanz stattfand, wurden die bunten Bänder versteigert, um nicht zuviel für die Kerb bezahlen zu müssen. Außerdem wurde für die *jetzt arme Kerbbursch'* Geld in Blechbüchsen gesammelt. Die Kerb wurde in ihrem Dorf nicht „zu Grabe getragen", wie es in anderen Orten Sitte ist. *Awwer Leiche gab's auch so genuch, „Bier-Leiche"!!*

November – Dezember

Wenn die Herbststürme über das Land fegten, die letzten Blätter von den Bäumen rissen und es in den Stuben gemütlicher als draußen war, wenn der Ofen bullerte, das Wasser im „Schiff" blubberte, der Feuerschein, der durch das Loch der eisernen Ofenringe fiel, sich an der Decke flackernd spiegelte, und es so gut nach Bratäpfeln roch, da war *Märchen-Erzähl-Zeit.*

Die Märchen der Brüder Grimm, der Struwwelpeter, Till Eulenspiegel, Geschichten und Bilder von Wilhelm Busch, Hauffs und Andersens Märchen wollte sie immer wieder hören. Sie kannte sie alle. Ein Märchen rührte sie fast immer zu Tränen, *mindestens zum Seufze*: „Das Mädchen mit den Schwefelhölzchen".

Mit ihrer Mutter erfand sie eigene Märchen. Die auch mit „Es war einmal" anfingen und „wenn sie nicht gestorben sind" endeten. Die „klaa Nervesäch" bettelte oft um die *Geschicht'* von „Mein Bein, mein Bein".

Die war soooo schön gruselig! Ein Mann war gestorben. Da er ein Holzbein gehabt hatte, schnallte es seine Frau ab und stellte es in den Schrank; der Platz des Beines konnte auch am Stuhl, Bett oder sonstwo sein. Nachdem er beerdigt war, sagte jede Nacht seine Stimme:

„Mein Bein, mein Bein."

„Mein Bein, mein Bein" wiederholte ihre Mutter immer wieder mit gruseliger Stimme. Wenn sie aber irgendwann ganz plötzlich „hier hast du's" sagte, fiel das Kind fast jedes Mal von seinem *Schawellsche* (Fußschemelchen).

Unvergessene Eindrücke.

Wenn im November, in dem es oft regnete, die rote aufgeweichte Erde von den Hügeln in Bächen auf und über die Frankfurter Straße geschwemmt wurde, die Menschen mit Schirmen gegen das Wetter ankämpfen mussten und deshalb kaum jemand auf der Straße zu sehen war, sagte sie zu ihrer Mutter: *„Da jäscht mer ja kaan Hund vor's Dor."*

An den Totengedenktagen gab es im Radio Musik zum Heulen. November, trüb, nebelig, grau! *Der Monat ging ihr uff's Gemüt.* Sie sehnte sich nach freundlichem Schnee und freute sich, dass am Ende des Monats die erste Adventskerze angesteckt würde. Beim Ausstechen der Plätzchen durfte sie helfen, und wenn ihre Mutter aus der hohen, viereckigen, silbernen Blechdose fertige Plätzchen holte und zu den Äpfel und Nüssen in den Adventsteller legte, war sie überglücklich und sehr, sehr friedlich.

Der Adventkranz mit seinen roten Bändern und Kerzen, der Tannenduft und das warme Licht, Weihnachtslieder, die gesungen, Gedichte, die geübt wurden, gehörten zur Vorweihnachtszeit wie *Heimlichtun* und *Gewisper*.

Die Fäden und Stoffrestchen, die das Christkind vergessen hatte wegzuräumen, der Nikolaus, der die Kinder mit seiner Rute schlug, wenn sie am Abend des sechsten Dezember noch auf der Straße waren oder am Tor nach ihm spähten, und der Plätzchenduft, der den Ort in eine Wolke von Vorfreude hüllte – es war eine unbeschreiblich erwartungsvolle Zeit.

Die „gut' Stubb" wurde nur an besonderen Festtagen geöffnet. Mit Spannung und Neugier sah sie der Bäuerin zu, wenn diese den großen Schlüssel, der sich tief in der Tasche ihres weiten Rockes befand, herausholte und die geheimnisvolle Tür aufschloss. Wenn knarrend das *„Sesam-öffne-dich"* den Blick in das abgedunkelte Zimmer mit seinen schweren, dunklen Möbeln freigab, erstarrte sie in Ehrfurcht vor dem „Besonderen" dieses Raumes.

Die Vorweihnachtszeit war für sie am schönsten. Die Spannung, die sich bis zum 24. Dezember fast ins Unerträgliche steigerte, das Rätseln, was sie vom Christkind wohl bekommen würde, versetzten sie in erwartungsvolle Vorfreude. Das Christkind hatte ihre Puppe und die Puppenküche mitgenommen, warum?

Sie musste sich überlegen, was sie ihren Eltern und ihrem Bruder basteln könnte. Ob ihre Wünsche in Erfüllung gingen? Was ihre Freundinnen wohl bekommen würden!? Und, und, und!!

Wie ihre Mutter die Puppenkleider, die sie mit der Hand nähte, zustande brachte, ohne von ihr beobachtet zu werden – es gab ja keine Tür, nur den Vorhang zur Küche —, ist ihr ein Rätsel. Vielleicht erzählte sie ihrer Tochter, dass sie dem Christkind helfen müsste, dass es so viel zu tun hätte und dass es nie mehr käme, wenn sie zu neugierig wäre?

Wenn sie von der Schule oder einer ihrer Freundinnen zurückkam, war manchmal die Küchentür verschlossen und ihre Mutter rief, dass das Christkind da sei und sie müsste noch etwas warten. Dieses Warten war verbunden mit Papiergeraschel, Stühle Rücken und undefinierbaren Geräuschen. Sie musste in den Saal gehen, die Tür hinter sich schließen und ein Stück von ihr weggehen. Sie hörte, wie sich der Schlüssel in der Tür des Knechts drehte. Nach einer Weile durfte sie wieder aus dem Saal herauskommen und in die Küche gehen. *Ach, is des alles uffreechend!*

Ein einziges Mal war ihre Neugier größer. „Der Teufel musste sie geritten haben!" Ein Spruch der Bauern.

Sie suchte in der Wohnung nach dem Schlüssel und fand ihn auch. Sie schloss das Zimmer des Knechts auf und ging an den Kleiderschrank. Hier hatte ihre Mutter, im „Auftrag des Christkindes" die Weihnachtsgeschenke versteckt, die sie sich alle ansah. Es waren auch wieder Schnitzereien aus dem Erzgebirge dabei. Ihre Mutter schickte Leuten in der „Ostzone" Fresspakete. Die Familie Schöps aus Olbernau im Erzgebirge revanchierte sich an Ostern und Weihnachten mit dem, was sie hatte. *Wunnerscheene Holzarbeite'*, die ihre Mutter verschenkte oder im Geschäft verkaufte.

An Heilig Abend war die *Neugierich* den Tränen nah.

Kein einziges Geschenk, das sie nicht schon gekannt hätte, war dabei. Um den anderen nicht mit einem Geständnis den Abend zu *versaue*, tat sie so, als wäre sie überrascht und voller Freude! *Später in ihr'm Bett hatt se in ihr Kissen geheult.* Nie wieder in ihrem Leben suchte sie vorher nach Geschenken, auch wenn sie wusste, wo sie lagen. *Nie widder!!*

Am ersten Feiertag vor dem Weihnachtsessen, das meistens aus Gänsebraten, Rotkraut und Kartoffelklößen bestand, besuchten sich die Freundinnen gegenseitig, um zu sehen, was jede bekommen hatte. Es war nie viel, aber die Freude riesengroß. In diesen Jahren waren die Kinder noch sehr, sehr dankbar für die „Gaben"!

Am zweiten Feiertag, wenn sie ihre Besuche bei den Bauern machte, durfte sie die gute Stube betreten, in welcher der mit Nüssen, Äpfel, Plätzchen, roten oder weißen Stearinkerzen und Silberlametta geschmückte Christbaum stand. Unter ihm die aus Holz geschnitzte Weihnachtskrippe und die ausgepackten Geschenke. Auf dem schweren, wuchtigen Tisch lag eine weiße, mit Spitze eingefasste Damasttischdecke. *Wunnerschee!*

Teller mit Plätzchen, Äpfel, Nüssen und manchmal auch Schokolade standen auf ihm. Nach den „Heiligen Drei Königen" am 6. Januar blieb das Zimmer bis zum Osterfest oder sonst einer wichtigen Feier geschlossen und barg sein undefinierbares Geheimnis auf's Neue.

Weihnachtsfeier

Bei einer Weihnachtsfeier im „Fasse Saal", entweder war sie von der Schule oder einem Verein organisiert worden, spielten die Schulkinder bei einem Weihnachtsspiel mit. Die Bühne war mit kleinen, echten Tannenbäumchen dekoriert, vor denen die Kinder als Zwerge verkleidet standen. Alles andere hat die Kleine vergessen. Nach der Aufführung kam der „Gute Nikolaus", um den Kindern im Saal Geschenke zu bringen. Er erzählte, dass er einen weiten Weg gehabt hätte, um zu ihnen zu kommen und gehört habe, dass im Saal Kinder wären, die ein Weihnachtsgedicht aufsagen könnten. Totenstille. Kein Kind rührte sich!

Sie saß mit ihren Eltern nicht weit von der Bühne entfernt. Ihre Mutter sagte laufend zu ihr: „Geh' doch hoch, du hast doch ein Gedicht in der Schule gelernt, du brauchst doch keine Angst haben!" *Sie wollt net! Vor so viele Leut'. Alle würde se anstarre un am End blieb se gar stecke.*

Sie wurde auf ihrem Stuhl immer kleiner, aber es war zu spät! Durch das Getuschel und die auffordernden Gesten wurde der Weihnachtsmann auf sie aufmerksam. Sie beim Namen nennend, rief er sie auf die Bühne. Ihre Mutter flüsterte ihr noch zu: „Nimm einfach an, wenn de die viele Mensche im Saal siehst, es wär' e Feld mit Krautköpf."

Ja, ja, Theater-Latein von de Künstler!

Mit weichen Knien ging sie auf die Bühne. Die Leute klatschten Beifall, und sie erinnerte sich an ihre früheren

Vorführungen in der Küche. Was sollte es, hier war das Publikum nur größer. Völlig frei und ungezwungen gab sie dem Nikolaus Antworten auf seine Fragen. Im Festsaal war es mucksmäuschenstill. Dann begann sie mit ihrem Gedicht. Nach dem Satz *„... und der Lehrer sagt zu mir, bin zufrieden Doris mit dir"* drehte sie sich vom Weihnachtsmann weg und sagte laut und vernehmlich in den Saal: *„Awwer ganz zufridde is er net mit mir."*

Mit dem, was nach diesem Satz kam, hatte sie nicht gerechnet. Ein tosendes Gelächter erfüllte den Saal. Die Leute klatschten in die Hände, schlugen sich gegenseitig auf die Schultern und umarmten sich. Sie wischten die Lachtränen aus den Augen und tobten minutenlang. Vor lauter Verblüffung über diesen Tumult lachte und weinte Schnudeputzers Tochter mit.

Nachdem sich die Leute beruhigt und auch der Weihnachtsmann sich gefasst hatte, beendete sie das Gedicht. Mit einem Geschenk ging sie von der Bühne herab zu ihren Eltern. An den Tischen, an denen sie vorbeikam, lachten die Leute sie an und tätschelten ihren Rücken. Ihr neuer Klassenlehrer Herr Ludwig, für den sie jetzt so eifrig lernte, verabschiedete sich lachend von ihr und sagte, sie hätte ihn ja schön blamiert und sie sollte sich Mühe geben, dass er jetzt immer zufrieden mit ihr sein könnte.

Sie verstand nix mehr! Warum war'n die eigentlich all so nett, dass sogar ihr Lehrer ganz allein mit ihr, nur mit ihr, geredd hat!? Ihr Lieblings-Lehrer.

In seine Klasse war sie „nur auf Probe" versetzt worden, da sie im Jahr zuvor wegen ihrer Scharlacherkrankung und dem Krankenhausaufenthalt zwei Monate in der Schule gefehlt hatte. Im Nachhinein sagt sie: *„Es wär' besser gewese, ich wäre Sitzegebliewwe."*

Winter

Oft schneite es das erste Mal im November, Anfang Dezember.

Aber der Schnee blieb nie lange liegen. Dafür gab es im Januar meistens genug, und sie holte sich beim Onkel Fritz einen Schlitten, der für jedes seiner Kinder einen hatte. *Gott sei Dank kam des selten vor, dass die all gleichzeitig Schlitte fahr'n wollte! Für sie war dann kaaner mehr üwwerich, un es wurde dicke, heiße Träne vergosse.* Wegen ihrem Geheul, wenn kein Schlitten frei war, hatte der Schreiner ihr einen eigenen angefertigt. *Bloß, dass der überall hingefahrn is, nur net dahin, wohin se en hin hawwe wollt'.* Und deshalb irgendwo rumstand. *Die blöd Krick* (Krücke). Sie musste sich eben damit begnügen, bei ihren Spielkameraden mitzufahren. *Awwer viel mehr Spaß macht's elaa uff eim zu sitze, un vom klaa Fällche dorch die Schindhohl bis zur Hauptstraß' zu fahr'n.*

Sie lief den Hügel hoch, an verschneiten Feldern und Wiesen vorbei.

Im frischgefallenen Pulverschnee sah sie „das Zeichen des Adlers".

Die Kinder legten sich rücklings und kerzengerade in jungfräulichen Schnee, die ausgestreckten, am Körper anliegenden Arme wurden von den Hüften aufwärts mit nicht ganz bis zum Kopf führenden kurzen Schlägen in den Schnee bewegt. Mit den aneinanderliegenden, lang ausgestreckten Beinen tat man das Gleiche. Man bewegte sie links und rechts dreißig bis vierzig Zentimeter nach außen. Durch vorsichtiges Aufstehen wurde das Kunstwerk, das wie ein Riesenvogel mit ausgebreiteten Schwingen und Schwanz aussah, nicht beschädigt. Man hüpfte möglichst weit von der Stelle weg, um die Unberührtheit des darum herum liegenden Schnees nicht zu zerstören. „Ein frei im Schnee fliegender Adler."

Obwohl sie noch nicht sehr groß war, beherrschte sie den Schlitten. Sie hatte ein Gefühl dafür, wo und wann sie abbremsen oder lenken musste und bekam deshalb nie Blessuren.

Ein ganzes Stück unterhalb des Waldes, von einem Hügel aus, der „klaa Fällche" hieß, fuhr man in „die Schienhohl" in eine kurze Senke, dann in einer linken Kurve etwa zwei Meter nach unten, sofort in eine S-Kurve und nach zwanzig bis dreißig Meter noch einmal in eine Linkskurve, dann ging es geradeaus. Die Geschwindigkeit war enorm, und sie wurden auf ihren Schlitten ordentlich durchgeschüttelt, bis sie in die flachere, leicht abfallende Obergasse kamen und ließen sich, wenn sie wollten, noch bis zur Hauptstraße ausgleiten.

Zum Ärger der Bauern, deren Pferde ausrutschten, schütteten die großen Kinder abends Wasser auf die Rodelbahn, die dadurch glatt und noch schneller wurde.

Eine Gaudi war es, wenn zehn bis zwanzig Schlitten hintereinander fuhren. Man musste sich mit dem Bauch auf den Schlitten legen, hielt den eigenen vorne an den Kufenenden mit den Händen fest und hakte die Füße in die metallene Querverbindung des hinteren Schlittens, an der die Schnur zum Ziehen festgebunden wird. Es wurde so mit den anderen Kindern, die das gleiche taten, eine Kette gebildet. Und schon ging's los!

Es kam auch vor, dass ein Schlitten nicht richtig gelenkt wurde und umkippte. Die übrigen fuhren dann kreuz und quer durcheinander, was schon gefährlich war.

Wer am schnellsten reagierte und sich von dem vor und hinter ihm fahrenden löste, kam am günstigsten dabei weg. Schlimm wurde es, wenn mehrere ineinander fuhren. Dann gab es Arm- und Beinbrüche oder Gehirnerschütterungen. Glücklicherweise war das selten der Fall!

Da Büsche und Bäume im Winter kein Laub trugen. Dorf und Wald ein Stück entfernt lagen und sie immer bis zur letzten Minute wartete, pinkelte die Kleine *des öfteren* in die Hosen. Sie genierte sich, irgendwo *"Hin-zu-machen"*! Man hätte ja auf der freien Fläche ihre freie Fläche, den Po, sehen können, und dem Gejohle der Kinder wollte sie sich nicht aussetzen. So stakste sie mit steifen zusammengepetzten Beinen, da die Innenseite der Trainingshose nass war und es niemand sehen sollte, umher, rieb sich, bewirkt durch die Nässe und den rauen Stoff, zwischen Unterhose und den Strümpfen die Haut wund. Erst wenn es anfing, weh zu tun und die Hose steif gefroren war, trat sie den Heimweg an.

Oftmals merkte ihre Mutter, wenn sie die vom Schnee nassen Sachen zum Trocknen über den Herd gehängt hatte, erst am Geruch, dass die Nässe nicht nur vom Schlittenfahren kam. Der Stubenarrest war mal wieder fällig!

In mondhellen Nächten verabredeten sich die heiratsfähigen Jungen und Mädchen zu „Mondscheinschlittenfahrten". Am nächsten Tag ging dann das *Gemunkel* und Gerede los. „Wer mit wem, und die mit dem!?" Was sich da so Geheimnisvolles abspielte, das man nur hinter der vorgehaltenen Hand darüber redete, konnte sie sich nicht vorstellen. *Sie war ja soooo neugierich! Uff jeden Fall musst es ebbes ganz Tolles seu. Sie wollt unbedingt aach emal mit!*

Ihre Mutter vertröstete sie wieder einmal auf später, wenn sie „groß" wäre.

Ach, was die Große alles durfte und wie ewich lang's noch dauert, bis auch sie erwachse seu würd!

Hochwasser

Wenn das Wetter innerhalb einiger Tage umschlug, der Schnee schmolz und die Kinzig Hochwasser führte, gab es eine riesige Überschwemmung. Das Wasser reichte oftmals bis an die ersten Häuser und deren Gemüsegärten heran, die in der Ebene lagen. Die Straße zum Bahnhof nach Niedermittlau musste gesperrt werden. Die Brücke über den Fluss und die Bäume standen verloren in der Wasserwüste! Einige Kinder paddelten mit einem Schlauchboot aus amerikanischen Heeresbeständen auf der weiten überschwemmten Fläche herum.

Sie getraute sich mit den Gummistiefeln, die ihr ihre beste Freundin geliehen hatte, nur ein wenig ins Wasser. Es gurgelte, wirbelte und schmatzte mit seiner schlammigen, rotbraunen Farbe um sie herum. Sie fühlte sich nicht sonderlich wohl dabei! Nur um mitreden zu können, war sie, ohne ihrer Mutter vorher etwas zu sagen, zum Hochwasser gegangen. *Sicher hätt se widdermal de Schlag getroffe!!*

Viel lieber schaute sie sich die ganze Sache von oben aus Annas Dachfenster an. Aus dieser Entfernung war es ihr wesentlich sicherer. Außerdem standen und lagen auf dem Dachboden so herrliche alte Sachen herum. Man konnte in den Truhen wühlen, in den Kisten stöbern und Dinge entdecken, die für ein Kind so hochinteressant waren. Wenn sie alles durchgesehen hatte, ging sie befriedigt und schwarz wie ein Rabe mit ihren gesammelten Schätzen zur Anna. Die schickte schimpfend den Onkel Fritz auf den Dachboden, um die alten Dinge, den „aale Krempel", wie sie sagte, zurückzubringen. Unter Annas Schimpfkanonaden, „des Kenn, ellaa uff emm Dachboddemm, dei huuch, steil Steich, dos Fenstrr. Wos derr bassiert hu kännd – das Kind alleinauf dem Dachboden, die hohe, steile Stiege, das Fenster, was da hätte passieren können" wurde „der Deiwelsbrate" mit Kernseife und Waschlappen „glänzend" geschrubbt. Sie verzog sich schleunigst zum Onkel Fritz in den Schuppen, der ihr Augenzwinkernd etwas zum Spielen gab.

Eijeijeijeijei, die war awwer ewe ganz schee gelade!

Eis

Wenn die Überflutung abnahm, die Kinzig in ihr Bett zurückgekehrt war, blieb das Wasser am längsten in der „Kuhflache" stehen. Sie war eine großartige Schlittschuhbahn, wenn es starken Frost gab. Nicht alle Kinder hatten Schlittschuhe, sie vergnügten sich aber auch ohne auf dem Eis. Es gab die Schuhsolen, den Hosenboden, alte aufgeblasene Autogummireifen, mit denen sie im Sommer schwimmen gingen, oder Schlitten. Ihr machte es nur eine begrenzte Zeit Spaß.

Meistens fror sie erbärmlich auf der ebenen, nirgends vom kalten Wind geschützten Fläche. Da sie keine Schlittschuhe, nur einen kleinen Schlitten beim Onkel Fritz geholt hatte und sie sich deshalb nicht so wie die anderen Kinder warmlaufen konnte, trollte sie sich ziemlich bald nach Hause. *Sie war halt e Frierhutzel.*

In der warmen Küche spielte sie mit dem gehäkelten Affen, der eigentlich ihrem Bruder gehörte, mit Schlampelchen, der Holzpuppe, und Rosi, der Zelluloidpuppe, an deren Zehen sie herumgebissen hatte. Eine Holzkiste diente als Puppenbett. Ausgelegt mit Stoffresten und einem noch aus ihrem Kinderwagen stammenden Rosshaarkissen. Ihre Eltern hatten kein Geld, ihren größten Wunsch zu erfüllen: einen Korb-Puppen-Wagen.

Oh, er stand newe ihr'm Bett. Sie konnt durch die Gitterstäb nach ihm un de Puppe greife! Als sie am nächsten Morgen erwachte, war er nicht mehr da.

Sie suchte ihn und brach in Tränen aus, als ihre Mutter sagte, sie hätte nur geträumt. *Wo se doch schonn mit ihm gespielt hatt.* Im Jahr darauf brachte ihn das Christkind.

Ein Ersatz für das Eislaufen auf der „Kuhflache" waren für sie die vielen zugefrorenen Pfützen. Auf ihnen machte es Spaß zu schlittern. Man nahm Anlauf und „schleifte mit den Ledersohlen der Schuhe über das Eis. *„Juhuuu!!"*

Helau und Alaaf

Faschingszeit war Muttis Zeit!
Die Wohnung wurde mit Luftschlangen geschmückt, Faschingslieder wurden gesungen und an Faschingsdienstag gab es immer Kreppel. Sie glaubt sich zu erinnern, dass am Dienstag immer Kinderfasching war. Er könnte aber auch am Faschingssonntag gewesen sein.

Als ihr Geschäft ausgebombt wurde, konnten die Eltern einige Perücken und Schminkutensilien retten. *Dadorch hatt die Mutti die Möglichkeit, sich toll zurecht zu mache.* Ihre Tochter, der sie das „Närrischsein" vererbt hatte, schaute zu, wie aus ihrer Mutter eine Ägypterin, Salondame, ein Schusterjunge, Tattergreis, Clown oder eine Alte wurde.

Einige Leute ließen sich von ihrem Vater schminken. Die Maske eines Negers ging am schnellsten. Gesicht und Hals wurden dunkelbraun oder schwarz grundiert, wobei die Augen bis zu den Brauen und um den Mund herum ein Stück freigelassen wurde. An die eine Stelle kam weiße, um den Mund rote Schminke. Zum Schluss setzte er dem Kunden eine Perücke mit schwarzen, gekrausten Haaren auf.

Sie gab zu allem ihren Kommentar dazu: *„Ach, wie schee. Iiiiii, du mächst aam ja Angst. Lustich!"* Sie schaute fasziniert den flinken Händen ihres Vater zu, der aus Bauern-Burschen-Gesichter alle nur möglichen Typen zaubern konnte!

Die Maske eines Stromers, Tippelbruders oder Säufers gefiel ihr am besten.

Sonnengebräunt, mit roten Bäckchen und Nase, einem Vollbart in unterschiedlicher Länge, buschigen Augenbrauen, wirren Haaren mit etwas Stroh darin und Runzeln im Gesicht. Im Gegensatz zu dem Tippelbruder, der ja sonnengebräunt war, wurde das Gesicht des Säufers mit weißer und schwarzer Schminke aschfahl geschminkt.

Blaue und rote Schminke kamen auf Nase und Wangen. Die Haut wurde durch die Bläulichfärbung zu der eines Trinkers. Mit einem feinen roten Strich an Unter- und Oberlid konnte man noch Triefaugen machen. Bei sehr jungen Gesichter wurden die natürlichen Falten der Mimik durch leicht verriebene schwarze Striche zu Runzeln. Die Wirkung war verblüffend und entstellte kolossal.

Damit eine Person unrasiert aussah, musste ihr Papa mit einem sehr spitzen schwarzen oder braunen Stift, je nach Haarfarbe, ganz viele Pünktchen auf Wangen und Kinn machen. Die Backenbärte waren kurz oder länger geschnittenes Wollhaar. Sie hatten ebenso wie die verschiedenen Formen eines Oberlippenbartes, die aber geknüpft waren, verschiedene Farbnuancen. Alle wurden mit Mastik auf das Gesicht geklebt. Wollte man dem Spannen der Haut entgehen, konnten die Männer sich einen eigenen Bart stehen lassen. Da niemand erkannt werden wollte, wurden verschiedene Termine vereinbart oder der noch nicht geschminkte Narr musste nebenan im Saal warten.

Auch die Kostümierung war wichtig. Wenn diese gut war, konnte man die abenteuerlichen Gestalten nur durch lange Beobachtung wiedererkennen. Oder auch nicht! Die kostümierten Männer mussten früh auf die Faschingsbälle gehen, damit die Frauen sich daheim ungestört umziehen konnten. Etwa um neun Uhr abends kamen die Masken in den „Fasse-Saal".

Des war'n Maskebäll! Schneemänner in weißen, mit Watte ausgestopften Bettlaken, Hexen, Gespenster in Vorhangtüll gehüllt, Schuljungen und Mädchen mit ihren Schulranzen auf dem Rücken, Clowns, Schäfer in ihren Lammfelljacken, Schlafmützen, Vogelscheuchen, bei denen Stroh aus Ärmel und Hosenbeinen hervorlugte, Divas, Ballettratten mit Krepppapierröckchen, Störche mit roten Strümpfen und zu einem „Po-Schwanz" ausgestopften Hosen, langem roten Pappmaché-Schnabel und schwarzen Flügel-Ärmeln, Piraten, Räuber, Neger, Krankenschwestern, Matrosen, alte Damen mit Spitzenhandschuhen und Häubchen ganz in schwarz, Babys in ihren Steckkissen und Schnuller im Mund .... Der Vielfalt waren keine Grenzen gesetzt. Man verkleidete sich, auch wenn in den oft dicken Kostümen bis zur Demaskierung einige Liter Schweiß flossen.

In den durch Herausdrehen der Sicherung stockdunklen Saal kam ihre Mutter mit noch ein paar Frauen. Sie hatten sich zusammengetan und erschienen alle in Nachthemden, Schlappen, Spitzenhäubchen und Kerzenhalter. Ihre Mutter hatte noch einen Nachttopf, in dem Fleischwürste lagen. Wer ein bisschen Fantasie hat, kann sich diese „Sondereinlage" vorstellen. Der Saal tobte, und ihre Mutter wurde mehr als einmal gefragt, ob der Pisstopf auch wirklich neu wäre. „Helau!!!"

In der Sektbar, der ein bisschen Verruchtheit anhaftete, wie ihre Mutter später erzählte, wurde mit der jeweiligen Eroberung etwas getrunken und geflirtet.

Oder sie verschwanden in die durch Krepppapier verhängten, mit Brettern getrennten Nischen oben auf dem Balkon. In ihnen standen meist nur Stühle, hin und wieder auch mal ein Tisch. Dort ließ sich so manche verführen, was dann draußen fortgesetzt wurde und neun Monate später Folgen hatte, wie sie von ihrer Mutter erfuhr. *Natürlich viiiele Jahre später.*

Hatte es eine Maske zu toll getrieben oder ihr Ehemann sollte nicht wissen, dass sie überhaupt auf dem Ball war, ging sie vor der Demaskierung nach Hause. In dem Gewühl fiel es nicht weiter auf, wenn eine Frau heim ging und in einem anderen Kostüm wieder erschien. Sie konnte dann, bis die Larven fielen, sehr unschuldig tun.

Um Mitternacht wurde zur Polonaise aufgespielt, und die Paare mussten auf zwei zusammengestellte Stühle steigen, sich demaskieren, indem sie die Larve fallen ließen, sich einen Kuss gaben und dann kam das nächste Pärchen dran. Wenn sich jemand gut verkleidet und verstellt hatte, gab es so manche Überraschung, die nicht immer lustig sein musste. Die Narren waren gespannt, wer unter den Masken steckte und ob ihre Vermutungen richtig waren.

Kleinigkeiten, die man beim Trinken, Tanzen, Zigarette Anzünden, Lächeln oder Gehen unbewusst tat, konnten verräterisch sein. Sprechen, oder wie in späteren Jahren bei der Kleinen, das Lachen hoben die Anonymität auf. Nur bei Fremden oder bei Leuten, die man nicht so gut kannte, durfte man sich das erlauben, immer darauf bedacht, nicht in der Nähe von Freunden zu stehen.

Ein Rätsel-Raten-Versteck-Spiel!

Nach Mitternacht gab es dann die ersten Ehekräche. Die toleranteren Paare vergnügten sich bis in die Morgenstunden und hofften, wenn sie Kinder hatten, dass diese sie ausschlafen ließen. Auch sie durfte sich jedes Jahr kostümieren und mit ihrem Bruder und den anderen Kinder, auf den Kinderfasching gehen.

Das letzte Faschingsfest, das ihre Eltern in Rothenbergen feierten, war ihrer Mutter nicht so gut bekommen. Sie vertrug nicht viel Alkohol und musste am nächsten Tag einige Kopfwehtabletten schlucken.

„Ich war so krank, dass ich die ‚Klaa' noch net e mal in die Schul schicke konnt", sagte *ihr' Mutti*.

Ihre Mutter konnte sich nicht mehr erinnern, wann sie aus dem „Fasse-Saal" über den Hof zu den „unbeschreiblichen" (im wahrsten Sinne des Wortes) Toiletten der Wirtschaft im anderen Hof gehen wollte, die durch einen schmalen Gang zu erreichen waren. Sie erzählte, nachdem es ihr wieder besser ging, dass es ihr nicht möglich war, durch diesen Gang zu gehen. „Ich hab's immer widder probiert, aber jedes Mal war e Wand im Weg. Ich konnt mache, was ich wollt, ich bin net durch den Gang komme!" Wie es weitergegangen war oder ob ihrer Mutter je-

mand geholfen hatte, weiß das Kind nicht mehr.
Fassenacht! Helau, Helau, Helau!

Unten und oben

Mit Mutter und Bruder ging sie mehrmals weit, weit nach unten zu einer Waldlichtung, die Abtshecke hieß und wo ganz, ganz, viele Lupinien, violett bis rosafarben, wuchsen. *Sie glaubt, das se hier auch Bucheckern suchte'.*

„E nonnr", nach unten, hieß für die Dorfbewohner abwärts Richtung Langenselbold, Hanau. „E noff", nach oben, ging es nach Lieblos, Roth, Gelnhausen.

Ging man sonst irgendwo nach „oben" oder „unten", wurde immer der Ort mit angegeben, wie „e noff, zum Gallje", „e nonnrr, in die Bornsgass".

„Unten" gab es auch eine Quelle, die, wen wundert es, mit Sandstein eingefasst war und „Wellschesborn" hieß. Ob sie aus ihm jemals Wasser getrunken hat, weiß sie nicht mehr. Aber die verschwitzte Stirn wurde bestimmt mit einem in's Wasser getauchten Taschentuch nach diesem furchtbar weiten Weg abgewischt.

Gehört hatte sie, dass es früher linkerhand der Straße eine weitere Brücke über die Kinzig gegeben hatte. *Dort wäre ein Mord passiert.* Sie fand es gut, dass es dort, *wegen dem Mord*, keine Brücke mehr gab. Niemals wäre sie auch nur in die Nähe oder sogar über diese gegangen. Wie gruselig. *Na ja, vielleicht ganz fest an de Mutti ihrer Hand.*

Ein Stück vor dem „Wellschesborn", rechterhand der Straße, ging ein Feldweg hoch zum Galgenberg. Dort war im Zweiten Weltkrieg ein Flugzeug auf eine Wiese gestürzt. Große Metallteile hatten noch viele Jahre herumgelegen.

Die halbwüchsische Bube war'n ganz wild nach Fundstücke. Sie glaubt, dass die Besatzung gestorben ist und oben auf dem Friedhof beerdigt wurde. Aber „wegen der Hand, die aus dem Grab winkte" weiß sie nicht genau, ob sie die Gräber wirklich gesehen hat.

Haarig

Die Kundschaft ihrer Eltern wurde anfangs im Tanzsaal verschönert.
Als es noch kaa Geschäft gewwe hat.
Die Dorfbewohnerinnen kamen mit nassen, in ein Handtuch gewickelten gewaschenen Haaren zu ihrer Mutter, die Finger-Wasserwellen legte. Die Haare wurden bogenförmig mit einem Kamm nach links, rechts, links ... in Form gekämmt und mit Mittel- und Zeigefinger der anderen Hand festgehalten und an den Kopf gedrückt, bis die nächste Welle gelegt war.
Die Linie, ein Knick, der zwischen „linker und rechter" Welle lag, wurde mit zwei ineinander gesteckten, breitzinkigen, kurzen, gebogenen, sich der Kopfform anpassenden Kämmen festgesteckt und die sich wie ein Bergkamm erhebenden Haare mit „Petzern" eingeklemmt.
Ach Gottsche, wie soll mer'n des alles erklär'n.
„Ondulieren" konnte ihre Mutter erst, wenn die Haare mit einem Föhn oder durch die Sonne getrocknet waren. Das Geklapper der Onduliereisen beim Formen der Wellen hörte sich fast wie das Schnabelgeklapper der Störche an.
Die Onduliereisen sahen auch wie Schnäbel aus, verlängert durch zwei Griffe (vergleichbar mit einer Schere, aber ohne „Fingerlöcher). Die eine „Schnabelhälfte" glich einem aufgeschnittenen Eisenrohr, in das sich die andere Hälfte, ein Volleisen, einfügte. Die Spitzen waren abgerundet und die Griffe mussten wegen der Hitze isoliert sein. In der Mitte waren die zwei Teile des Onduliereisens (wie bei der Schere) vernietet.

Die „Eisen-Schnäbel" wurden entweder auf der Herdplatte (primitiv) oder in einem elektrischen Heizöfchen (passend für die Instrumente) heiß gemacht. Um die Haare, in die man mit den Onduliereisen Wellen brennen konnte, nicht zu versengen, befeuchtete man einen Finger mit Spucke und tippte aufs Eisen. Zischte es, war es noch zu heiß und man musste, einen Griff locker in der Hand, durch schnelles Drehen erst die eine, dann die andere Hälfte des Onduliereisens abkühlen. *Hoffentlich versteht des jeder!*

Vollendet wurden beide „Wellen-Frisuren" mit einem damals bei den Bauern üblichen Haarknoten. Bei kürzerem Haar wurden im Nacken mit Hilfe von dünnen, zirka zehn Zentimeter langen, durchlöcherten Blech-Lockenwicklern mit Klemmhalterungen Löckchen fabriziert. Die modernere Variante der Wasserwellenfrisur wurde mit Draht-Lockenwickel gelegt (geformt). Doch „so modern" war der überwiegende Teil der Frauen noch nicht. Die Mädchen hatten noch ihre Zöpfe, und erst nach der Konfirmation durften diese von den „Haarkünstlern", den Eltern der Kleinen, abgeschnitten werden. *Jedenfalls sinn uff de Konfirmationsbilder, die ihr Mutti von dene all gemacht hat, noch die Zöpp' dran.*

Theater

In Rothenbergen hatte sich 1948 eine „Laienspielschar" gegründet, die mit Erfolg Theater spielte. *De Regiseur war de Lehrer Schneider. Die Kulisse hat de Herr Haman, de Vater von de Ursel, die auch in ihrer Klass' war, gemalt, die vorne newer de Methodiste-Kirch, in dem flache Haus, gewohnt hawwe. Uffgetrete sind die Laie-Schauspieler, die all vom Dorf, aber net all Einheimische war'n, meistens im „Fasse-Saal". Auch emal in annere Dörfer. Sie war nadierlich noch zu klein un durft zu keiner Uffführung.*

Ihr Vater schminkte „erfolgreich" sämtliche Darsteller, und ihre Mutter „zauberte" die Frisuren. Stücke, die gespielt wurden, waren nach Zeitungsartikeln, die ihre Mutter aufgehoben hatte: „Ein strammer Junge", „Martin", „Die Pferdekur", „Wie man Braut wird", „Der Spuk im Armenhaus", „Die Brautschau", „Unliebsamer Besuch" und „Heimatscholle".

Zu Ende

Im letzten Jahr ihres Dorflebens waren sie noch einmal umgezogen. Bezeichnenderweise in das letzte Haus in der Bahnhofstraße.

Der Hauseigentümer, ein ebenfalls evakuierter Hanauer, war stark verschuldet und musste verkaufen. Weshalb sie in das Haus zogen, weiß sie nicht, nur dass ihr Vater versuchte, Geld aufzutreiben, um die einstöckige „Villa" zu kaufen. „Aber mangels Masse ...!"

Ihr Vater konnte das nötige Geld nicht aufbringen. Keiner in der Verwandtschaft hatte genügend, und die „besten Freunde" denen es möglich gewesen wäre, wollten nicht für ihn bürgen, was ihn ziemlich verletzte. „Er war in seiner Ehre gekränkt", und ihre Eltern zogen sich von den Freunden zurück.

Sie wohnten jetzt in einem schönen Haus. Es war geradezu luxuriös. Neubau, hell, kaltes und warmes Wasser, Toilette mit Wasserspülung, Bad, Zentralheizung. Drei große Zimmer und eine Wohnküche. Sie glaubt sich zu erinnern, dass es auch eine Gästetoilette gab. In einem Zimmer wurde das Friseurgeschäft, das recht gut ging, eingerichtet. Neben dem Haus war ein separates Gebäude, in dem sich Garage, Waschküche, Werkstattraum und ein kleiner Dachboden befand, und *ringsichherum* ein sehr goßer Garten mit viel Wiese.

Im ersten Stock wohnte der Vermieter mit Frau und zwei Töchtern.

In diesem Jahr hatten ihre Eltern viel Ärger und sie ganz schreckliche Sorgen. Er müsste das Haus verkaufen, sagte Herr Pfannebecker. Die Gläubiger wollten ihr Geld.

Dem Kind ging es nicht gut, *da dauernd von Umzug geredd worn is.*

Sie wollte nicht fort. Auch nicht in ihre Geburtsstadt. Sie bettelte bei ihrer Mutter, im Dorf bleiben zu dürfen, wenn die Eltern und ihr Bruder wegzogen. Sie sollte irgendwo ein Zimmer für sie mieten und jemand finden, der ihr Essen kochte. Sie versprach hoch und heilig artig zu sein, immer ihre Schulaufgaben zu machen und dass sie sich um sie keine Sorgen machen müssten. Aber sie wollte da bleiben.

„Ich will net fort, bitte, bitte!!!"

Ihre Mutter bekam eines Morgens einen gehörigen Schreck, als ein Möbelwagen aus Norddeutschland vor dem Haus hielt und Leute einziehen wollten.

Arm' Mutti, eh nur noch e Nervebündel.

Vom Onkel Fritz bekam sie einen schwarzen Stallhasen geschenkt, über den ihre Mutter nicht sehr erfreut war, denn die Tochter hatte schon eine herrenlose weiße, nur an der Schwanzspitze schwarz gezeichnete Katze angeschleppt.

Als die *Sorgevoll* eines Morgens in die Schule gehen wollte, saß auf einem der Betonpfosten der Garteneinzäunung eine Schleiereule. Sie war überrascht, weil sie noch nie eine Eule so nah gesehen hatte und sich nicht erklären konnte, weshalb sie nicht wegflog. Es gelang ihr, die Eule zu fangen und sie auf den Dachboden über der Garage zu bringen. Dort hatte sie ihre Ruhe, und es konnte ihr nichts passieren.

Das Gefieder der Eule fand die Kleine erstaunlich, hauptsächlich die Federchen um die Augen. Aber jetzt musste sie sich beeilen, in die Schule zu kommen, sie war schon spät dran. Ihre zwei Schulfreundinnen waren bestimmt schon unterwegs. Mit ihnen ging sie meistens, seit sie in der Bahnhofstraße wohnte, morgens zur Schule.

Der Vater von der „Noß'e Hildegard" und ihren zwei Brüdern, die direkt in ihrer Nachbarschaft wohnten, war Schuster und ihre Mutter Schneiderin. *Außerdem war se auch noch die Kusine von de Freundin Anni.*

Die zweite Schulfreundin, die Gudrun Grasmück, wohnte weiter vorne, Ecke Bahnhof- und Gartenstraße. *Der ihr Schwester Linda is mit ihrm Bruder in eine Klass' gange un sinn auch zusamme konfirmiert worn.* Mit den anderen Kindern, die in der Bahnhofstraße wohnten, hatte sie nur einen losen Kontakt. *Na ja, se hawwe sich halt gekannd un sind sich laufend iwwer die Füß gelaufe. Die Bayers, die Schmidt-Bube, Röschs, de Hansi waren ja in ihrer Klass, un seun Bruder is mit ihrm in Gelnhause in die Mittelschul gange. Dene ihrn Vatter hat die „Villa" nach unserm Auszug gekauft.*

Ja, ja! „De Rösch, meun besonnere Freund", wie ihr Papa nicht sehr freundlich sagte.

In der folgenden Nacht flog die Schleiereule davon. Wie die Wünsche und Träume der Familie. *Schaad'!* In diesem Jahr muss sie sich wirklich wie *e Häufche Unglück* gefühlt haben, denn sie kann sich an nichts Schönes erinnern.

Na ja, ihr Bruder war konfirmiert worden, aber sonst? Wenn es keine Bilder von ihm als Konfirmand geben würde, hätte sie selbst das vergessen. Ihre Katze war totgefahren worden und wurde im Garten begraben.

In der Nacht zuvor war ihr ihre Tante Henni, die in Hanau im Sandhof wohnte, im Traum als „Totenengel" im langen Nachthemd erschienen. *Abergläubisch wie se war, is ihr des im Gedächtnis gebliwwe.*

Un noch was Schrecklicheres war passiert.

Sie hörte, dass der Opa ihrer Freundin Anni, *de Christian Kalbfleisch,* außerhalb des Dorfes einen Unfall gehabt hätte. Sie rannte hin. Und ausgerechnet in diesen Moment, als sie ankam, hob man die Plane, mit der er zugedeckt war, hoch. Er war tot. Die Haut war gelb und wie festgezogenes Leder über den Schädel gespannt. Sie war so entsetzt, dass sie wie von Furien gehetzt nach Hause rannte. Hier wurde sie von ihrem Bruder, ein einziges Mal in ihrem Leben, an das sie sich erinnern kann, liebevoll in den Arm genommen. Sie hatte einen Weinkrampf, und ihre Mutter war nicht zu Hause.

Die Familie verließ Rothenbergen, das die Kleine so sehr liebte, im April 1953. Ihre Bitte, da bleiben zu dürfen, wurde leider, leider nicht erfüllt. Sie verlor ihre Geborgenheit, ihren Schutz, ihre Sicherheit und ihre tiefe Freude.

Nie kam sie über diese „*Vertreibung*" hinweg

Abgesang
Dieses Dorf bleibt immer *meine* Heimat

Nebensächlichkeiten sind es. So werden sie sagen,
die Natur nicht interessiert. Die nicht nach Vergangenem fragen.

Wo sind die Veilchen von der Wingert geblieben?
Die dicken Sträußchen im Frühjahr taten wir lieben.

Wenn violett und duftend sie uns anlockten,
wir Kränze aus ihnen machten und in`s Haar hinein flochten.

Wo sind die Bienen, die summend und fliegend
um das Bienenhaus schwärmten, in der Wingert liegend?

Wo wachsen noch die gelben, dicken Dotterblumen am Bach,
mit ihren dicken Stängel? Wer fragt noch danach?

Wo ist der „klaa Bach", des „Brückche", des „Wäldche"?
Es gibt keine „Schienhol" mehr unterhalb vom „Klaa Fällche"!

Wo sind die Brunnen, mit Pumpe und Schwengel?
Niemand kann mehr um das kühle Nass sich drängen!

Kein Ortsdiener, Polizist, ihre Runden dreh`n.
Keine Schafe, Kühe, Pferde über Kopfsteinpflaste geh`n.

Eie Weet ist verschwunden, die Enten auch
Mit den Backhäusern das Brotbacken. Bäuerlicher Brauch.

Wo stehen noch Ähren zu Garben getürmt,
mit Strohseilen umwickelt auf dem Feld?

Wo ist die Schmiede? Wo sind all die Alten hingekommen?
Auf dem Gottesacker oben liegen sie. Betrachte Gräber versonnen.

Vieles hat sich geändert, auch die Störche blieben fort.
Wenig „Dörfliches" blieb von diesem „meinem Ort".

Das Herz ist mir schwer. Denn die Erinnerung blieb.
Es ist nicht mehr „das alte Dorf", und doch hab ich`s lieb!

Doris Müller-Glattacker: Schnudeputzers Tocher

Erschienen im CoCon-Verlag Hanau
In den Türkischen Gärten 13, 63450 Hanau
Tel. (0 61 81) 1 77 00 Fax: (0 61 81) 18 13 33
E-Mail: kontakt@cocon-verlag
www.cocon-verlag.de
ISBN 978-3-937774-67-1